浅白色 著

我们在互相辨认中老去

SEARCHING FOR THE LOST DAYS

CNS 湖南文艺出版社 HUNAN LITERATURE AND ART PUBLISHING HOUSE 博集天卷 CS-BOOKY

图书在版编目（CIP）数据

我们在互相辨认中老去 / 浅白色著 . -- 长沙：湖南文艺出版社，2013.8
ISBN 978-7-5404-6294-9

Ⅰ . ①我… Ⅱ . ①浅… Ⅲ . ①长篇小说—中国—当代 Ⅳ . ① I247.5

中国版本图书馆 CIP 数据核字（2013）第 149015 号

上架建议：长篇小说

我们在互相辨认中老去

作　　者：浅白色
出 版 人：刘清华
责任编辑：薛　健　刘诗哲
监　　制：蔡明菲　潘　良
特约策划：邢越超
特约编辑：尹　晶
营销编辑：刘碧思
封面设计：嫁衣工舍
版式设计：李　洁
内文排版：百朗文化
出版发行：湖南文艺出版社
（长沙市雨花区东二环一段 508 号　邮编：410014）
网　　址：www.hnwy.net
印　　刷：北京嘉业印刷厂
经　　销：新华书店
开　　本：880mm × 1270mm　1/32
字　　数：200 千字
印　　张：9
版　　次：2013 年 8 月第 1 版
印　　次：2013 年 8 月第 1 次印刷
书　　号：ISBN 978-7-5404-6294-9
定　　价：32.00 元
（若有质量问题，请致电质量监督电话：010-84409925）

目录
Contents

Season 1
聂蕙葶

Season 2
倪茵

Season 3
钟子筠

[特别推荐]

[历久弥新]

自序

更远房间的声音

女摄影师珍妮弗·麦克卢尔曾以自己生活中的细节为拍摄对象，进行了一个私人摄影项目——《更远房间的音乐声》，以此来提出并回答同一个问题：我们每一天因何而期待黎明。

她说："我看着朋友们结婚、生子，有自己的家庭，反而产生一种不知意义的迷惑，我试图寻找生活中什么是重要的答案，却发现自己迷失在问题本身。这组照片就是关于这种迷失的描绘。"

那一组照片中有阳光照进空荡荡的室内泳池，在澄蓝的水面上投下光斑；有鲜艳的绿地毯中央，仰面躺着一只黄色的电话听筒；有斜顶阁楼一角，蓝底白花的墙纸斑驳剥落的形态；有光线昏暗的房间窗外，薄雾笼罩绿荫的风景……

这些看似毫无意义的片段组成了我们的生活。然而有趣的是，假如你也像她那样试图记录自己的日常生活，你会发现每日经过的陈旧风景透过照片看上去都像是新的——原来晨昏之间阳光会给窗帘截然不同的透明度；原来抽屉里卷成卷状的袜子看上去像一堆冬菇；原来洗手间的淋浴喷头总是会略微歪向固定的方向。

同样，如果日复一日地拍同一件东西，你会见证它的变化。你会知道一个苹果究竟是从哪天开始慢慢软塌下去不再水分饱满，你会知道灯罩上从哪天起开始有第一层薄薄的灰。你会发现根本不存在“过着过着就变了”这种事，每一件事物的变化都是有迹可循的，只是这变化太细微，夹在日常生活的缝隙里毫不起眼儿。而我们早已对身边的一切习以为常。

我们每一天因何而期待黎明？不，我们感觉不到期待，除非能向自己证明生活并非枯燥的重复。

成长的过程亦然。意识到自己终将老去只是一瞬间的事，但其实这缓慢而隐蔽的过程自从成年起便悄然开始，直到许多年后你才恍然发觉自己的变化。

我们连滚带爬跌跌撞撞地长大，途中渐渐磨平了与生俱来的单纯与莽撞，回过头只看见仍栩栩如生却不再那么鲜活饱满的青春。只有我们自己了解当中的区别——用于定义我们的词由“年少”替换成“年轻”，未来不再是不可预期的漫长岁月，而是一个两位数字的倒数时限。我们已经体会过独立的人生，已隐约看到自己在这庞大世界里的位置，不复年少时的好奇，不复无知时的勇气。年岁渐长的我们学会斟酌，学会考量，学会妥协，学会犹疑，学会不再那么相信直觉。这些能力就像骑自行车或游泳，一旦学会便成为本能。

当新的“本能”覆盖旧的，我们渐渐感觉到自己身体里的某个天平倾斜了。一枚枚砝码不可阻挡地由丰盛的情感缓缓地滑向规则。年少时整个世界都摆在面前，我们仿佛有无数选择可以一一尝试；而在长大的过程中我们一件一件丢掉不适合自己的东西，留下属于自己的固有形态。

年龄一个一个数字往上加，而生活的内容却在一点一点地做减法。你有了不会再吃的食物、不会再穿的衣服、不会再尝试的工作、不会再选择的人。

老去是无可避免的过程，如同成长。它并不意味着某些特质的消退，而是我们开始本能地遮盖住某一部分的自己。

起初，你会遗憾、会惧怕、会频繁地回忆从前，听到任何有关青春的话题都难免内心溢满感慨，乐此不疲地试图借由与他人相似的记忆去反复验证自己是否曾虚度青春。

相信我，它不会持续很久，直至你安然接受：某天自己终将老去，在能够预见的未来，与这地球上所有的人相同。

同时你也将明白：我们真正惧怕的并非老去本身，而是怕自己与这世界之间的关联变成一种贫乏而僵硬的模式。

今年我29岁。

在29岁生日之前，我从未意识到自己明年就将进入三字开头的年纪。一直认为30是一条分界线，我却预想不到一年之后的生活会与现在有任何不同。这大概便是那位摄影师要表达的“不知意义的迷惑”。

我试图寻找生活中重要的答案，与你一样，与这本小说中的她们一样，与所有人一样。

她们的故事并不特别，只是三个不同年龄的单身女人的生活片段。她们就像每天在路上与我们擦肩的那一张张陌生的、渐露疲态的脸，她们是你，是我，是栖息于我们内心深处的美好、焦灼、悲伤和快乐。

她们是我们内心某一部分的镜像，是“更远房间的声音”。

虚构的故事总有结局，不是在此处，就是在别处。而此时此刻还真实地生活着的你和我，在老去之前，我们还有很多时间可以用来找到属于自己的答案。不是吗？

正如这几句诗：

我和这个世界不熟。
这并非是我绝望的原因。
我依旧有很多热情，
给分开，给死亡，给昨天，给安寂。

我和这个世界不熟。
这并非是我虚假的原因。
我依旧有很多真诚，
离不开，放不下，活下去，爱得起。

我们在

互相辨认中

老去

/

/

Season 1
聂蕙葶

“为自己写作无人问津，好过为人写作失去自我。”

——西里尔·康诺利

我叫聂蕙葶 25岁

按年龄算，这是二到一半开始奔三的年纪；按智商算，有些人的二是常态的、永恒的，比如我。

别人 25 岁都开始走自己的路，我的 25 岁有点儿无路可走的意思。

我有位很著名的同行前辈曾经说过：出名要趁早。

这句话好像看起来很精辟很励志，但，相信我，它相当不科学。

E 01 所谓希望

打开衣柜准备找出门的衣服前，我回头看了一眼床头柜上的小闹钟。闹钟屏幕右上角显示着23度——为了避免秋冬季节情绪低落，我没事儿找事儿地把温度单位调成了华氏度。至少数字上看着比较暖和。

这种呆办法也只有宅在家里的时候能管点儿用。

按一个按钮，23华氏度立刻变成了零下5摄氏度，看来今天还得穿羽绒外套。换了衣服和鞋拎起包站在门口默念一遍：手机、钱包、钥匙、人。确认全都带了这才锁门下楼。

楼道一侧带护栏的落地玻璃窗开着一扇，透进灰尘味浓郁的冷空气。

每当宅过几天再出门，扑面而来的新鲜感可不是空气质量能扼杀的。长长的楼道一侧依次排列着紧闭的门，大概是因为我从不在上下班时出门，住了一年多都还跟邻居们不熟。靠近电梯那家夏天总是开着大门，隔着挂满灰尘的纱门传出小孩儿的哭闹声、做饭的味道、灰白的灯光、电视的嘈杂声……过完中秋他们家也终于关门了，让习惯了这些动静的我觉得天一冷楼道也单调了许多。

电梯间很空。等电梯的时候，我习惯性地抬头去看墙上的电表，对应我家的那一条窄窄的显示屏上还有三位数字。这倒是挺让人安心，至少短期内不用担心正洗着澡忽然断电。以前总认为囤积生活物品和水电煤气是焦虑的表现，一个人住了一年多才明白过来：乐意囤积的人往往不会焦虑；真正不省心的是像我这种坚持任何东西每次都只买一定量的宅人，如果不借规律的购物行为来保持出门频率，恐怕总有一天要宅在家里长出蘑菇来。

不过我今天不是出去购物的。

我约了人。

什么？男朋友？难道我像是有男朋友的样子吗……

“你这么爷们儿，要男朋友干吗用啊？”李惟毫不客气地一脚松开离合器，车子抖抖索索地发动起来，扑哧扑哧地排着尾气从小区门口上路了。

我就差没用意念把自己变成一块橡皮糖，好稳稳当当地粘在座位上。

虽然早就听他科普过如何租一辆最适合跟踪的车，但我还是忍不住逮着机会就吐槽：“我说你又租这么个‘危车’，就不怕它半路散架？”

“那我下回开辆阿斯顿马丁你看行吗？”他慢条斯理地故作正经道，“就上回那 007 电影里在空中翻了好几圈儿的车。”

他说的是我们几天前在一家小咖啡厅里一起看的《皇家赌场》。

那是我第一次跟着他盯梢。他要盯的一对男女在咖啡厅里坐了整整一下午，我们看完两个半小时的电影还不得不坐在原地回味了一个多小时。

想想邦德那辆阿斯顿马丁，再看看我们屁股下脏兮兮的皮坐垫，我不由得感叹："邦德开的是改装过的DBS[1]，惦记惦记就行了，咱们是摸不到的。"

"你说你一姑娘家对车那么感兴趣干什么？"他边说边抬脚加速，伸手拉挡杆，此刻车很淡定，一点儿也没抖。

"买不起还不许惦记啊？"

"你是惦记车呢还是惦记车里的人？"

"克雷格叔[2]本来就是我们宅女的男神好吗？那大长腿和天然美瞳，看一眼就能把人美哭了。"我不自觉地推了推眼镜。近视没什么大不了的，鼻梁不高也没什么大不了的，可是近视加鼻梁不高就有点儿悲剧了：每隔几分钟都要手动推一推镜框，即使它好好地架着没有往下掉，脸也能逼真地感受到一种摇摇欲坠的错觉。

李惟不以为然地问："你想要他的电话号码吗？"

"你有？"

"你认为呢？"

"当然没有。"

"还好，这说明你的脑子暂时还正常。"

"……你滚开。"

我们都笑起来。

认识差不多半个月了，这还是我们头一回像朋友一样说笑。倒不是因为他不爱跟人说话，而是我在家宅得太久，已经不太善于跟别人打交

---

① 阿斯顿马丁一款采用超轻型碳纤维材料制造车身的车型。

②《皇家赌场》中的男主角丹尼尔·克雷格。

道，只有在某些毫无戒备的放松时刻才能正常发挥——似乎今天状态还不错。

李惟是个私家侦探，我是从若干条千姿百态的网络搜索结果中找到他们侦探社的。

他坚称他的工作和我们小姑娘幻想的不一样，而我试图说服他我理解捉奸也是一份维护社会和谐的高尚工作。我们俩第一次见面时他一共说了四句话：

1. “请进，你好。”

2. “啊？开玩笑吧你？”

3. “别说一周，一天也不行。”

4. “再见。”

然而两天后，我坐上了这辆摇摇欲坠的车，完整地体验了我人生中的首次盯梢——环境一点儿也不艰苦，有茶有松饼，还顺带看了部《007》。

那天，我们坐在咖啡厅，透过玻璃窗看着那两人出门走向停车位上车离开。李惟收回目光看了我一眼，问：“比你想象中无聊吧？”

“我想象中比这无聊才对。哎，我们现在不用跟了吗？”

“天晚了。我去跟，你回家。”他站起来，抓起外套就这么走了，事先都不带缓冲的。

他刚刚喝绿茶的杯子还摆在桌前，一丝未散尽的热气正从杯里微弱地升起，而人已经不见踪影。看见了吧，这才是货真价实的“一溜烟儿”。

车驶入主路，右转往市郊方向开去。看来今天的路程不会太短。

跟着盯了两三回梢，今天他难得地带我去找人了。严格来说他已经差不多找到了地址，今天只是亲自去确认而已。

不到半小时，窗外的风景迅速由连绵的建筑过渡到冬天光秃秃的林野。路边的指示牌规律地一个接一个匀速出现，似乎要上高速了，而他似乎仍然没有要从匝道下主路的意思。

“我们快到了吗？这是哪儿？”我问。

他不答话，从方向盘上挪开右手对我一伸。老规矩，在没确定我身上没有任何可以拍照或录音的电子设备之前，他不会讲跟具体工作有关的话题。比如此刻，我只知道跟经济纠纷有关，他是去找一个躲债的。

我麻溜地从包里翻出手机关了交给他。

“哟，今天没带录音笔？”他笑道。

“反正你也不让我录。”

“我好像让你录过不少吧？”

“那是你给我科普的时候，跟具体事件没关系你才让录。”

“工作时间让你跟着本来就不太合适，还敢给你透露调查对象的资料，我就不用干了。”

这倒是真的。之前无论上哪儿盯梢，他都不会让我知道被盯的人叫什么名字、做什么工作、为什么被盯、谁委托他盯。即使让我看到那些陌生人的长相，也绝对不准许我私自拍照。

我推了推鼻梁上的眼镜，答道：“所以我只能白看看，明白。”

“录音笔交出来吧。”他目不斜视，语气平淡得就像在问我吃没吃饭一样。

“我没带。”

“不交出来我可就在这儿把你放下了啊，”他居然像模像样地开始减速，仪表盘上的指针直往下滑，“这儿没公交没地铁，出租车一天也难得有一辆路过，你自己看着办。”

车自从跑稳了之后倒是没再抖过，这会儿该抖的是我才对。

“我真没带，不信你翻我包！”我一把按住座位左侧的安全带扣，以防旁边这位“一溜烟儿先生”迅雷不及掩耳地把我赶下车。

车还在继续减速，他仍然和颜悦色慢条斯理。他语气越真诚，在这荒郊野外就越瘆人：“下了车你就在原地等我，千万别乱跑，我回程经过这里再捎上你。”

仪表盘上的指针滑过了 20，还在降。

该死，李惟这货果然抬手打了右转向灯！要么他是真想停车放下我，要么就是专注细节演得逼真。

几十秒后，车停了。

他侧过头一脸无辜地看着我，不再说话，仿佛把车停下来不走的人是我。

我下定决心打死都不下车，比刚出发时更加努力地试图把自己粘在座位上：“跟你说了没带，要撵我下车也还是没带。”

他无奈地抿了抿嘴，一言不发又发动了车子，还顺手打开了收音机。

“喂，你真不信我没带录音笔？”

他不吱声，而是特别欠揍地跟着收音机里的音乐节奏一下一下点头。

车窗外电线杆和树依旧一根一根有节奏地从两侧掠过，口水歌的旋律在耳边绕来绕去，车内狭小的空间让这沉默又聒噪的氛围更加烦人。最讨厌广播电台播这些朗朗上口的歌了，数分钟后我的大脑果然成功地被入侵，思考功能暂时关闭，只有一排带旋律的字幕在脑中循环播放："你存在——我深深——的——脑海里"……什么叫情不自禁，憋住了没跟着唱就叫情不自禁。不对，是叫自制力。我果然死机了。

他该不是这一路都不再说话了吧？

坚持了一阵子，我终于挺不住了决定投降，伸手从外套兜里掏出那支录音笔，关上再扔进座位前的储物格。

"你怎么知道我一定带录音笔了？"我不甘心地问。

他说得轻松自然："你右手一直插在兜里，坐进来以后连车门都是用左手关的，还能更明显点儿吗？"

他这人就奇怪在这里：有时候明明挺讨人厌的，可总不会让你产生想抽他的冲动。相反，我现在脑子里塞了个大大的"服"字。

我叹了口气，自觉地换了个话题："那人特意跑到郊外躲债，你是怎么找到的？"

"这一个比较傻，换了电话卡但没换手机。要吸取教训，姑娘，这就是不好好设置 icloud① 账户的后果，按一个键就知道手机在哪里了。"

"你居然黑人家的苹果账号？！"我开始琢磨今晚回家就把同步设置改改，否则哪天随便谁随手一黑就能看到我的……生活照。唉，还是算了吧。电脑里连张不能见人的照片都没有，作为成年人我已经无趣到了

---

① 苹果公司提供的云端服务，可利用其进行手机定位。

一定境界。

李惟在一旁坚持既不承认也不负责的原则："这是你的猜测，未经证实就不是事实。我只说了他做过什么，并没有说我做过什么。"

这倒是，他刚才最关键的一句里根本没有主语。真贼。

好吧，我也不纠结他认不认了，先满足好奇心要紧："真的假的，找个人这么容易？你是猜到的密码呢还是用什么强制手段登上去的？"

他对我后一个问题充耳不闻，只继续对我进行信息安全教育："你没看新闻？前段时间 CIA 局长戴维·彼得雷乌斯的外遇事件，就是被一封邮件揭发出来的。别小看了现在的通信方式，间谍头子都是这么栽的。"

我被噎得停了两秒才接上话茬儿："干你们这行的都这么多疑？"

"干你们那行的都这么好奇？"他反问。

这真是个好问题。

事实上，我向来不知道我的同行每天都在做些什么。仿佛他们全都有永不枯竭的天分，只需要偶尔停下脚步来捕捉脑海里讲不完的故事。

曾有一位很著名的同行前辈说过：出名要趁早。

我信了。

直到过了好几年我才意识到：她只说了出名要趁早，却没说趁早出名之后该怎么办。

有人能一次又一次刷新自己的纪录，而有些人却泯没于众人。很不幸，我属于后者。都说长江后浪推前浪，我成为前浪时年纪还小，以致根本没明白自己这些年来是如何渐渐死在沙滩上的。

如果非要用一句话总结我开始得过早的职业经历，只有"生得耀眼，死得干脆”。

我不想就这样结束。

我需要一个好故事，一个能咸鱼翻身的好故事。

而李惟——我旁边这个敏锐、多疑、其貌不扬的私家侦探——是我最后的希望。纵然希望渺茫，怎么说也聊胜于无。

伴随着这车上下颠簸的节奏，我转过头凝视坐在驾驶位上的李惟。个子不高，下巴上留着青灰的胡楂儿，领子磨得有点儿白的旧衬衫，款式保守的羽绒外套，手腕上有些年代了的登山表，搁在杯架里那只盖子磨损得不轻的保温杯……他就是我最后的希望?

横看竖看都有种死马权当活马医的悲壮。

再低头看看自己：两年前买的旧手袋、久未保养的靴子、不讲究款式的宽大羽绒服，整个人都显露出长期缺乏社交生活的疲态。哦，别忘了那支早该进博物馆的录音笔，它现在正躺在这辆同样该退休的旧捷达的储物格里。

车窗外一片前不见来处后不见去路的荒野，真像我现在的生活。

见鬼，我到底是怎么一步步走到今天的?

这一切要从两个月前出现在我眼前的一张名片说起。

E 02
纸张浪费者

两个月前的某天上午，我接到了嘉文的电话。

自从交了初稿之后，我就在忐忑地等待结果，同时也大概料到等来的结果我可能不会喜欢。

挂上电话，我又一次打开电子邮箱。

收件箱里没有新邮件，最近的一封还是前天早上某本杂志的情感专栏约稿信。我从没写过情感专栏，也不打算给这种三五块钱一本、封面由浓妆艳抹的女模特和耸人听闻的伦理悲剧标题组成的二手稿集散地写专栏。哪怕同样价位的少女杂志都比这精良很多倍吧。但这封信是我今年收到的唯一一项工作邀约。

我叹了口气，低头看见电脑边盘子里刚刚吃到一半的吐司。嘉文来电话时我正在吃早餐，接完电话却完全没有心情继续了。吃剩的全麦吐司委屈地躺在白色瓷盘里，有些碎屑落在桌面上，像细碎又无声的反抗。

这套餐具还是两年前一位读者寄给我的礼物。如今连读者邮件我都难收到一封了。

这两天我把那封约稿信看了几十次，并不是犹豫，只是打开邮箱后无聊的习惯性动作。在此之前，我已经将 MSN 上每个联系人的头像和签名点开看了个遍。

没错，我是个作家——更准确地说，是个昔日的畅销书作家。刚才的电话就是合作了五年的出版社编辑毛嘉文打来的。这么长时间的合作关系，让我们私下也成了好朋友，她也是这些年来为数不多依然与我保持合作的出版社编辑之一。

五年前我刚刚 20 岁，因为念大学太无聊所以写了第一本书，谁知道竟然可以出版，并且畅销得超出了所有人的预料，甚至很快改编成了电视剧。第二本、第三本、第四本……接下来也卖得很好，于是我做了人生中最愚蠢的一个决定：毕业后做专职作家。好运气也就是在那时走到了尽头，“畅销”这个词飞速地离我而去，如今我的一本书甚至卖不出一万本。不再有宣传活动，不再有采访，不再有签售，在书店里我的书甚至不会码成堆，而是默默地缩在书柜某个角落。

这个世界每天都有无数本新书上架，已经没有什么读者的我，成了一个可耻的纸张浪费者。

“要不你还是考虑一下再决定好了，这次机会的确很难得。印量是低了点儿，但只要我们一起努力把成绩做出来，加印肯定不会少，你以前的身价马上会回来的。这么多年朋友，难道我还骗你？”

“虽然从高到低是有点儿难接受，但这也是一个翻身的机会啊！你这部稿子还行，只要我们一起好好研究如何修改，应该会成功的。”

“你一定要仔细考虑一下这件事，我们别在电话里说了，晚点儿一起吃午饭再聊吧！”

电话已经挂断了许久，嘉文说的那些话还在我耳边绕来绕去。

到今天她依然肯签我的书，我一方面很感激，另一方面更加觉得难堪。从当年可以算是天价的版税到今天比新人基准还低的稿酬，我始终都搞不清楚是我变了还是读者变了。而且，她说得再委婉我也明白：我交出去的初稿不算理想，即使报出这么低的版税和印量，想必也是嘉文跟社里努力争取了一番才得来的。

出于难堪，我接到电话的第一反应就是谢绝，说我再考虑一下。

然而挂上电话马上就后悔了。她说得没错，虽然从高到低很难受，但这也是翻身的好机会。更何况我也已经低了很长一段时间了，什么都该习惯了才对。

她太了解我了，她知道我最后肯定会愿意签约的。如果不是有这种把握，她才不会马上就约我吃午饭。

烦躁地合上电脑，我起身打开衣柜找合适的衣服出门。

衣柜里整齐地排列着秋装，我瞪了这一柜衣服许久，才适应秋天到了这件事。事实上我已经有大半个月没出过小区大门了，每天穿着家居服在小区内的超市、便利店、书店和健身房之间来回，这段时间跟家人朋友联系基本都是通过电话和网络，生活中根本没有“收拾收拾出门”这项运动。是啊，衣柜好像是几周前跟同学聚会一起去购物回来后整理的。

小闹钟上显示着68华氏度①。

——我早已经开始厌恶这个无聊的换算过程，只是一直懒得改。拖延症究竟是因为惧怕改变还是对生活失去兴趣？我不知道，也不想深究。

---

① 20摄氏度。

我翻出一条连衣裙，再随手抓了件风衣套上，简单地化妆，穿鞋出门。

久宅的人只要一踏出家门，感官的敏锐度立刻呈直线上升——外面与家里的温度差异、光线强弱对比，就连四周细微的声音都会一点儿不漏地收进耳朵，紧接着自动放大好几倍。我走出小区过马路搭地铁，就连身边的行人都让我感到一种奇怪的带点儿紧张的愉悦。

就好像一瓶瓶装水被拧开瓶盖倒进了浴缸里。

只花了不到20分钟，我就到了跟嘉文约好的餐厅。她还没来，我挑了张角落里靠窗的座位。我想点一杯喝的等她，可光看饮料单就看了两三分钟。那上面密密麻麻地列着酒、茶、果汁、冰激凌、碳酸饮料等分类，光茶这一类就占了两页。服务生没有任何推荐，默默地站在旁边，拿着一个手机大小的机器等着输入我要的内容。

我正翻来翻去犹豫是要柠蜜还是果醋，是玫瑰花茶还是苏打水时，远远看见嘉文朝我这边走来。她一坐下，我立刻如获大赦般将菜单递给她。

“想吃什么？”她接过菜单时问我。

“我还没想好，你决定吧。”

与她认识这五年来，公事和私事上有过无数次这种时刻：我犹豫不决，交给她做最后决定。可以说小到吃饭点菜、逛街买衣服，大到职业选择，我总是需要别人来替我解决犹豫，加一枚最重的砝码在那架摇摆不定的天平某一边。迄今为止，我职业生涯中最重要的两个选择都是由她做出的。五年前初出书时，出版社给我提出两个签约方案：以优厚的价格一次性买断版权或按新人的标准拿并不高的版税。前者可算是个旱涝保收的承诺，后者有点儿风险却更有希望。我一直犹豫不决，嘉文斩钉截铁地要我签版税，果然到现在它还在不断再版；两年前我毕业，在专职写稿和另找工作之间犹豫，又是嘉文果断地建议将写作当成一份职业来好好地经营，而现在我已经成了“滞销书作家”。

我并不是想把自己的成功或失败交给别人来决定，只是每当面对选择时，真的完全不知道该怎么办才好。

或者从另一个角度来看，一个没有自己的想法和坚持的人，注定不会成功太久。

有嘉文在，似乎一切事都能马上得到解决。我们迅速点好菜打发走了傻站在一边等的服务生，开始聊稿子的事。

她从包里掏出电脑打开，将屏幕转过来给我看——这次我交完稿才不到三天，她已经针对这部稿子做足了分析，包括近期同类书籍的各渠道销售数据、读者分析，以及我这部稿子的修改建议、策划思路、宣传要点等等。

“这么详细啊？我……其实还在犹豫。”我有点儿不好意思地将电脑转回到她那边。

“不要紧，我知道你肯定又要犹豫的。现在只是给你看看，增加一点儿信心而已。”

“我越想肯定越糊涂，要不还是你决定吧。”

“又是我？”嘉文摇了摇头，合上电脑，“这次还是你自己决定吧。你想想，即使像以前一样我帮你考虑好怎么做，最后在合约上签的都是‘聂蕙葶’三个字，而不是毛嘉文。”

“……你是说无论好坏都是我负责任，所以要我自己决定？”

“蕙葶，你不能总是自己没个主意。再好的朋友帮你决定，也顶多只是跟你分享成功或者分担后果。作为编辑，虽然每种结果我都有很大责任，但无论成功或失败都不是我的，是你的。”

“这么说，今天你不是来说服我同意的？”

“作为编辑，我是。作为好朋友，我不是。”她叹了口气。

原来连她也不打算说服我。我也叹了口气。

彼此有些尴尬地沉默了一阵子，嘉文不知从哪里掏出一张名片，郑重地摆到了我面前。

“她也是我的作者，去上她的课可能会对你有帮助。”嘉文说。

我拿起那张名片仔细端详，上面有一行写字楼的地址和一个我并不陌生的名字：钟子筠。

“钟子筠？那个钟子筠？”我瞪着名片，难以置信地问。

嘉文点点头：“对，‘那个’钟子筠。”

如果说还有什么突如其来的奇迹能降临在我操蛋的人生中，那便是手上这张名片。

E 03
六度分离

钟子筠并不是众所周知的名人。

事实上，很少有读者或电视观众能认出“钟子筠”这个名字。有些人的名字常出现在电视剧的片头，你感到眼熟却从来不会在意，因为他们既不是演员也不是制片人或导演，很少参加活动或访问——他们是“co-writer”，分别担纲创作某一集的剧本，属于一部剧编剧团队中的一员。

如果我没有追她参与编剧的一部剧追上六季之久，“Joan Chung”对我来说也许不过就是电视屏幕上一串看过就忘的随机字母组合。她的名字打在屏幕上不长也不短，普通到毫不起眼儿的地步：英文名加标准的韦氏拼音姓，从这一行字母里顶多能判断出她是亚洲人。

当年我跟不少其他追剧的粉丝一样，上网关注那部剧的演员和创作团队，时不时刷刷剧透或花絮。Joan 开始并不在我的关注列表里，直到前年末临近季终前，传出一位主要角色要离开的消息，演员在推特回应说会由好友 Joan 来写自己的告别集剧本，还发了一张他们两人满脸奶油的合影。

照片似乎是在谁的生日聚会上拍的，188 厘米高的男演员搂着那个几乎被奶油糊得睁不开眼的亚裔姑娘，就像搂着一支迷你雪糕。

结果“迷你雪糕”写的季终集把我看哭了。

后来我关注了她。那时我才知道她的中文名叫钟子筠，不仅是华裔还是中国籍，货真价实的同胞。她似乎不大依赖社交网络，推特更新既慢又简单。

再后来，看到她更新了一条离开美帝回国的消息。

嘉文跟我一样追着那部剧。这几年，无数个周五晚上，我们都是各自守在电脑前边聊天边等字幕度过的。

真没想到钟子筠回国后，嘉文居然签到了她。

在看到这张名片之前，我从没信过六度分离理论。即使“间隔五个人”只是一个平均值，我也不太乐意去想象奥萨马·本·拉登生前跟这世界上所有人都曾距离这么近。真恐怖。

嘉文说过这是我对人际关系的恐惧，其实我只是不理解而已。

就好像此刻，我拿着钟子筠的名片内心充满激动和期待，却一直不知道给她打电话该怎么说。

热情地：“钟老师，我是你的粉丝！真爱粉！”——这么直接真的没问题吗？我自己都能闻到一股浓郁的拍马屁味道扑面而来，像她那么低调的人一定反感这一套吧。

矜持地：“Joan，我很喜欢你写的电视剧。”——真做作。在前辈高人面前还敢装高贵冷艳？就算我把自己当二两小葱，人家也不是豆腐啊。

诚恳地：“假如有幸跟你学习，一定会很有收获。”——她会不会觉得我目的性太强太功利？

我在脑海中反复预演了无数个版本，每一个版本都很正常，却没有一个能让我坦然地对着电话说出口而不脸红。

名片已经在手里翻来翻去看了成百上千次，却始终没能鼓起勇气按下手机上的拨号键。

几天后，嘉文又来了电话。

她劈头就问："你给钟子筠老师打电话了吗？"

"噢，我……我这两天忙着修改稿子，想等忙完了再打。"我心虚地乱找借口。

"你都没答复我签约不签约，修什么改？"嘉文的大嗓门儿从话筒那一端直戳到耳边，我瞬间脸就热了起来。

"其实我打算……"

嘉文痛快地打断了我："哎呀别打算了，快来我这儿。我正要去给她送合约呢，顺便把你介绍给她认识。别磨蹭，快来，我跟她约的三点！"说完干脆地挂断了电话，不打算给我犹豫的机会。

——我真爱她的果断。如果没有她，我可能永远不敢拨通名片上的电话号码。

有的人天生擅长踟蹰不前，比如我。要是没有人在背后推我一把，我可以犹豫一辈子都不向前迈步。这不好，我知道，可就是没办法改。

到出版社楼下跟嘉文碰面后，她带我去了一家小剧场。

剧场演奏厅不大，有剧团正在排练。台上穿着便服的演员在走场，观众席前排坐了七八个人。没有人注意到我们进来，他们都在关注舞台上的排练。

下午的阳光从背后照进来，我能看见自己的影子被压成圆圆的一团悬挂在脚尖前方。

“钟子筠现在在写舞台剧？”我小声问身边的嘉文。

她也压低了声音回答：“她现在在教写作课。这个剧是她帮朋友的剧团改编的，玩儿票性质。”

演奏厅内的氛围正浓，为避免打扰他们，我们俩放轻脚步走到观众席中间，小心地坐下，等待他们休息时再上前。

舞台中央摆着一张类似乒乓球桌的宽桌子，一位女演员手里抱着一只纸盒坐在桌上，姿势像是要从桌后翻到桌前来。

她将另一只手抬高，敲了敲身侧不存在的墙或者门框，撩起左腿优雅地叠在右腿膝盖上，往前探出头看着坐在桌前地上的男演员：“嘿，查理！”

女演员的声音本来就很清亮，语调又略带醉意，加上身体语言，这幅画面顿时充满了含蓄的情欲意味。

“稍微停一停，”观众席上忽然有人站了起来，是个声音温和个子不高的女人，“我们需要斟酌一下肢体语言。菲是个有点儿疯的女画家，她的房间乱七八糟，对人对事都是不太在意的姿态，这说明她对查理的态度也是单纯而随性的，挑逗的感觉不会这么刻意。试着想象一种心无旁骛的诚恳，她带了一只小白鼠爬窗过来给查理，她并不清楚此时她在别人眼里有多性感。这个时候查理也不用表现出礼貌或者顾忌，他是一个情商很低的天才，他的第一反应就应该是直勾勾地盯着菲，毫不遮掩地直接表达惊喜的情绪。”

她旁边一个导演模样的戴帽子男人也站起来，走上前比画着跟演员们说了些什么。

台上两位演员稍稍调整，重新来过。

女演员将刚才敲窗框和叠起腿的动作都加快了些，露出比刚才更明朗的笑容：“嘿，查理！”她不自觉地轻轻扭过臀来调整坐姿的动作毫不刻意，浑身散发出一股不自知的性感。

坐在地上的男演员一只手忽然伸直撑着地面，肩膀不自然地倾斜，目不转睛地盯着她，口中的感叹更像是自言自语：“噢，天哪！你真的没开玩笑！”

“阿尔吉侬也需要舞伴。”她踮脚跳下窗框进到房间里，放下手中的盒子，径直走向床头柜边打开收音机，“你懂不懂什么是浪漫？来吧，让我教你新的舞步！”她侧身对着观众，弯下腰拉起“查理”的手。

这一幕完成了。台下的几人不约而同鼓起掌来。

刚才那个导演模样的男人宣布休息10分钟，接着手握剧本绕上台跟演员聊起来。没说两句，干脆自己坐在刚才“查理”坐的位置上，连比带画地做示范。

之前说话的女人回过头来看见我们，便绕过前排座椅朝我们走来。

只听见身边一声轻微的座椅自动翻起的声音，是嘉文站起来了。朝我们走来的正是钟子筠。

我也跟着站了起来。

“等了很久吗？”钟子筠走到面前，微笑着问。

“没有，刚到一会儿。”嘉文把我介绍给她，“这是我朋友聂蕙葶，她就是我跟你提过的那个，跟我一起追你写的剧的作者。”

“噢，你好。”她愉快地笑着朝我伸手。

她居然先朝我伸手了！我赶紧抬起手跟她握了握：“钟老师——”该死，刚开口又卡壳儿了。

“灯光音效道具都没有，看着挺无聊的吧？”她似乎丝毫不介意，像老朋友般自然地接过话问道。

“不是啊，挺好看的。”我着急弥补刚才笨拙的表现，张口就说。说完立刻有点儿后悔——“挺好看的”具体是个什么意思？怎么听都像是不太诚恳的意思。

“喜欢的话给你们留票。等公开演出的时候再看，感觉肯定不一样。”

她身上的墨绿衬衫袖子随意卷起，松开扣子的领间，露出铅灰色内搭的柔软轮廓，衣摆垂在短裤的卷边处，马丁靴的靴筒比她的脚踝大了一圈儿，看上去舒服得有点儿过分。那衬衫的颜色是一种饱和度很高的绿，如此强烈的色彩此刻温柔平和地臣服于主人的气息里，没有一丝突兀感。

很难想象这就是我所知道的钟子筠。在全球娱乐产业中心的高压环境下工作了近10年，从她身上我却接收不到任何程度的焦虑。

…………

接着我脱口而出问了一个相当蠢的问题：“话剧叫什么名字？”听人名，这话剧不像国内的原创剧本，应该是小说改编。她以为我喜欢，都开口说给我留票了，我才傻乎乎地招供我整个儿不知道这是什么。我好歹也算个作家，读书那么少，出来真丢人。

“丹尼尔·凯斯《献给阿尔吉侬的花束》，我们改编幅度不大。”她仍旧温和地笑笑。

那天下午回家前，我绕到书店找到了《献给阿尔吉侬的花束》小说原著。

如果这次见面可以从头来过，我真希望我表现得别那么二。真的。

E 04
久宅是病

初次见面后的周末，我就正式成了钟子筠的学生。

从前只知道名片上那行地址属于一般钱少点儿的公司都租不起的写字楼，进去之后果然小吃了一惊。一楼大堂宽敞得有点儿过分，在这寸土寸金的地方还留这么宽敞的空间，我找了一圈儿还没找到 A 座电梯入口。

彬彬有礼的大堂保安指路时几度怀疑我要走丢，最后亲自送我到电梯口。我只能用淡定的扑克脸掩盖内心一波接一波的咆哮：难道姐就这么傻气侧漏吗？！

这可不是个想表现得“不那么二”的好开头。

发现自己已经习惯了迟钝，是件很难过的事。美国作家约翰・斯坦贝克曾说过：“一个失落的灵魂能很快杀死你，远比细菌快得多。”

电梯大概平均每秒上升两米，在电梯里的每一秒钟我都强行默念一遍：要么翻身，要么滚。

在楼上办登记手续时，我终于找到了点儿正常状态，跟前台的课程顾问小姑娘聊得还算愉快。

末了要在课程表上确认签名时，她忽然有些神秘兮兮地试探着问我：

“呃，你跟钟老师很熟？”

我签好名抬起头把表格和笔递给她：“只见过一次面。”

“噢。”她笑笑，收过表格转身去复印。

当她转回身来递给我复印件时，看见我还留着几分好奇的表情，便解释道：“你来之前钟老师打过招呼让我们尽早排课，所以我以为你们以前就认识。”

“以前不认识，我一个朋友是她朋友。”

“噢。给，收好这个，”她马上转了话题，“给你排课排得早，所以今天晚上就可以开始上了。这几天记得保持手机畅通，我们在第一周通常会提前电话提醒课程时间。”

“谢谢。”我接过课表，脑海中那点儿小小的疑惑一直到出了楼还没散去：她到底试图跟我打听钟子筠老师的什么事？

这点疑惑倒是没有存储很久，才上了一周课我就明白了。

我不太清楚中心一共有多少个班，有多少学生多少老师，但大概知道行政那些课程顾问小姑娘，在茶水间最常八卦的对象就是钟子筠老师——不厌其烦地各种猜测她到底为什么有美剧不写、有牛X创作团队不跟要回国来教书。一说是竞争太激烈混不下去，一说是跟已婚制片人闹绯闻闹大了，每个版本都有鼻子有眼，但又全都没证没据。钟老师也不介意她们猜来猜去，有时候还亲自添乱：“要不你们干脆投票得了，看支持哪个版本的人多，哪个就是官方解释。”说人闲话的乐趣，有很大一部分来自当事人遮遮掩掩的窘状，当事人这么淡定，小姑娘们偷摸着八卦也就没了意思。

大概人们总觉得成功过的人就该一辈子成功，“退一步海阔天空”是搞砸了时自我安慰的句子。这种野蛮的逻辑让我没来由地讨厌。

在我看来，能主动选择退步不能说不是件值得高兴的事。至少，从高到低也是自己的选择，不是形势所迫。

我们小班只有七个学生，除了我之外全都算业余爱好者。

——并非从没写过些什么，而是从没真正体会过以写作为职业的感受。

这或许正是他们觉得我无趣的原因。

我带录音笔上课，我很少因为某个故事构思而兴奋，我总是做很多与课程内容有关的功课，在他们看来，我浑身散发着伪学院派的装 X 气息，抖一抖都能掉下二两油墨味儿来。

在我终于能表现得不那么二时，也不可避免地成了不那么讨人喜欢的一个。这一次我实在没办法在乎自己受不受欢迎，因为我跟这里的其他人境况太不相同。对他们来说这或许是一个选择、一个机会，对我来说则是一场咸鱼翻身的战争：

要么能再次写出好看的书，要么夹着尾巴滚。

只要还能爬，谁乐意滚？

在现状逼人的情况下，一个人能改变多少？这永远是个没法预先知道答案的问题。积极的人可能在一夜之间鸡血满格战斗模式全开，冲锋陷阵收复失地；聪明的人可能停步反省，选择一条更适合自己的路。而我，既不积极又不聪明，没有重整旗鼓攻城略地的谋略，也找不到重新开始的方向，只能怀揣几分笨拙的决心，继续抵抗直到无路可走……或者柳暗花明。

这么想来颇有点儿悲壮的味道——坚持下去的结局有两种：要么将军百战死，要么壮士十年归。虽然算不上什么积极进取的思路，但至少上述选项中不包括不战而降。所以，我这一场垂死挣扎的仗是打呢，还是打呢，还是打呢？

不过，别把备战状态想得太激动人心。电视剧里那些奋发图强，一秒戒除所有恶习，焕然新生的行为纯属扯淡——“过渡期”不是你想过就能闭着眼睛过的。别说把消极情绪扫地出门，就连每周三次的外出上课频率我都花了很长时间才适应。说出来可能没人信：刚开始时每当电梯门朝我打开，我都需要努力克制想掉头走回家的冲动。只要能不回头地一鼓作气走出门去，一坐上地铁我就能抓着扶手，从内心升起一股“我太帅了，我什么都不怕了”的自豪感，仿佛刚刚临危不乱挺身而出拯救了地球。

心理学上管这叫脱离了安全区而产生的焦虑，但对大多数人而言，如此种种可以有一句更言简意赅的总结：贱人就是矫情。

——看，中文如此美妙，我怎么能连个书都写不好？

综上所述，久宅是病，来如山倒去如抽丝，治与不治都很要命。想要瞬间焕然新生的同学可以洗洗睡了，这世界上唯一可以五分钟让你变得神采奕奕的东西叫作面膜。

所幸我从来不认为自己哪里不正常，正如我写作班的同学季然常说的：“咳，这年头谁还没有点儿精神病啊？淡定，淡定。”

季然大概是班里唯一不那么看我不顺眼的同学。他看上去开朗又风趣，还高白瘦美，简直是标准的讨人喜欢的样板。直到有一次下了课跟他和另一个同学三人拼车回家，聊起来才知道，他也有好几天不爱理人的时候。

“别看我现在脾气好，讨厌起来保证谁见我都想抽两耳光。”他说得轻描淡写，“跟你说吧，前男友就是被我气跑的。”

记得当时我对他描述的情绪问题深表同感，直到下了车才反应过来：前男……男……男友？！

能迟钝成这样，我都不好意思说我是女人。

然而我生活中另一件诡异之事的关键就在这里。当初李惟改变主意答应让我跟着看他工作，有很大一部分原因是他发现我已经呆到了一定境界。

那天我做了一路的心理准备，敲开他办公室的门时，感觉比面试还紧张。结果刚刚顺利地说完我的来意，他就干脆地一口拒绝了。

我去找他是为我想写的小说收集素材，通常在这种情况下，我应该发挥百折不挠的牛皮糖精神，不答应就跟到答应为止。再不然就继续回家跟搜索引擎玩儿去，找另一个有可能答应我的私家侦探。

但我就这么愣在了当场，大脑临时出现了断片儿的症状。要是再多给我几秒钟，我肯定能从脑袋里搜寻到得体的回答，可是李惟打断了我。他用一种不解的眼神看着我，语气有点儿迟疑地下了逐客令：“再见。”

“再见！”我条件反射地答，答完发现我这是在同意赶紧消失，连当块牛皮糖的希望都碎得渣儿渣儿的。可话都说出口了，只好拎起包磨磨蹭蹭地往门边挪。

手还没摸到门呢，李惟在身后发出一个单音节：“哎——”

“啊？”我转过身，同样条件反射地回了他一个单音节。

别说我已经25岁了，就算几岁小孩儿都会有这种本能的应答能力，不需要思考，甚至不需要经过大脑，就像敲击膝下韧带腿就会自然弹起来一样。

“坐。”他冲我点点头，从鼠标上挪开右手，指了指沙发。

我坐下了。

“你是作家？”他问。

“呃，算是。”

他给我倒了杯水，然后又回电脑后边坐下。我本以为他叫我回来表示他会说点儿什么，但他就那么坐在那儿等着我说话。可是我的开场白在刚才都用完了，难道我要打开复读机模式，再给他重播一遍？

大眼儿瞪小眼儿了一阵，我感觉不太妙。他刚才叫住我难不成是想给我个“可以继续说下去”的信号？

好吧，继续说，这次我要开始得随意一点儿、从容一点儿。

我扭过头一眼瞟见他桌上斜斜摆着的电脑屏幕——我来之前他正在看《犯罪心理》，昨晚刚播的第八季第十二集，他还没看到三分之一。

我深吸一口气，非常英勇地盯着屏幕说：“凶手是那男人的女朋友。”

他的表情很不明显地抽搐了一下。

如果有表情翻译工具这种玩意儿存在的话，可以理解为他正在无声地对我说：“姑娘，我祝你剧透一次长10斤肉！”

…………

后来慢慢熟了，再聊起第一次见面时的诡异情景，他说得非常含蓄：“一看你就不是会来事儿的人，不然我还不敢让你跟呢。”

“为什么不敢？”

“谁能保证你不会把说好不能写的内容写出来？我又不发你薪水，不可能弄个保密协议给你签。”

“意思是看我老实才让跟的呗。”

“呃，‘老实’是比较委婉的说法。”

“……不用补充说明，谢谢。”

“不客气。”

“其实‘谢谢’也是比较委婉的说法，用来代替‘闭嘴’。”

“哟，行啊你，眼瞅着智商就提高了！”

“……”

有时候我真庆幸，在搜索引擎跳出的590多万条搜索结果中，我最终敲开的是李惟的门。别家侦探社或许更好，也可能更糟，谁知道呢？说实话，有太多选择远比太少选择要糟心得多，幸运的是我已经不需要再去别处碰壁了。

在李惟答应了让我当临时跟班之后，我终于做了长久以来第一个清醒的决定：之前那部不理想的稿子不签约。与其勉勉强强继续出些自己讨厌读者也嫌弃的小说，不如做一点儿改变——即使再写的新故事仍然不受欢迎，最小限度我自己喜欢。

E 05 谍影囧囧

这半个月来我出门的频率大幅上升，除了每周三次去上课之外，李惟有活儿干的时候我也去当临时跟班。他的工作虽不定时却也没见有多少空闲，至少我跟了这么久都是如此。照理说他工作多是好事儿，但仔细一琢磨还真有点儿颠覆三观——居然有这么多人为着各种各样的理由请私家侦探调查自己身边的朋友、家人、同事、工作伙伴……人人都有自己的秘密，人人都想方设法打探别人的秘密。

话说回来，我们现在正在进行的工作内容，相较之下要比窥探隐私稍微高尚正直点儿。

寻找玩儿失踪的债务人，这种事完全可以跻身李惟个人最喜爱的任务前五名。他说过，这种活儿单纯直接，心细就行；委托人要得到结果是为了顺利地走法律程序，鲜少私人冲突；过程中基本不包含仇人相见愤而动粗的情景，比如捉奸成功当场崩溃的正房。

“当年我被高跟鞋抽过，不骗你。”他的表情和语气都像在说别人的糗事，“那时候我还是菜鸟，委托人坚持要求只要我看到她老公跟别人进酒店就立即通知她，她必须在现场亲眼看见。这一到现场就坏了，她知道了房间号就冲上去踹门，拉都拉不住。两女一男衣衫不整地在房里打架，我正要出门叫保安就挨了一鞋跟儿，要不是胳膊抬得快，我脸就成两块了。”

李惟不允许我在写小说的时候透露案例的细节，他自然也不会让我知道得太细。难得今天他主动提起这么生动的往事，我立刻激动了：“爱情伦理动作片啊这是！提鞋打你的是正房还是小三儿？”

“你想啊，正房冲进门去抡包就砸，小三儿从床上下来提起鞋迎战，保安进来后还耗了十来分钟才停火。”

“后来呢后来呢？”我不由自主地从靠背上坐直了身体。

“你矜持点儿行不？一听打架就激动。”他相当鄙视地瞟我一眼，“没有后来了。后来一概不接受委托人的特殊要求。干活儿就干活儿，不能再把个人感受掺和进去。当时我就是同情那个大姐，理解她不亲眼看见不死心的心情，结果本来安安静静拍几张照片就行的事情，闹到报警才算完。有些距离该保持就要保持，能避免很多难堪的后果。指不定大姐事后比谁都后悔。她提要求是一时冲动，她正在气头上预计不到后果，而我本来可以避免把这事儿闹大。”

“唉，要不然你这么想吧：至少她痛揍了老公和小三儿一顿，能心情舒畅点儿也算是好事儿。”

“你以为她没挨打啊？本来好心满足她的要求，结果害得人打了一架。”他说着，似乎是下意识地摇了摇头。

“喂，你这个思路很不科学，冲进去打人是她的选择，不是你的，”我不知道那一瞬间是怎么得来的闪电般的灵感，从水杯架里拿出保温杯豪迈地朝他一递，“如果你非要觉得每个委托人的行为你都得负全责，我也不想说啥了。来，赶紧把你自己一枪崩了吧，崩了就没鸭梨（压力）

了。别担心，现在这个活儿还有我呢，没了你也完全能行。来，拿着这个，自由地崩吧！”

他的表情再一次很不明显地抽搐了一下：“……就你这渣演技，趁早别糟蹋《犯罪心理》了。赶紧放下我的杯子，当心给我晃漏水了。”

“啊？保温杯杯盖儿不是防漏的吗？”

“不要转移话题，我们刚刚进行到批评你的演技这一环节。”

“渣是渣了点儿，”我老老实实把杯子放回了杯架里，“好歹我也付出了创意，怎么说你也该给个惊奇的表情啊！”

“‘创意’是一个比较委婉的说法——”他又故意停顿一下，不用想就知道接下来没什么好听的话，“意思是正常人一般干不出这事儿。”

“呸，我最正常了。”

“是谁跟我说过她经常穿睡衣下楼买菜，理由是反正没打算在蔬菜店找男朋友？这逻辑也叫正常？”

——记性好的人有时候真是格外讨厌。

还好，在他面前我也没什么好装的：“老实说，见了我之后是不是又有一个美好的词汇在你脑海中幻灭了？”

“女作家？我可从没把女作家想象成神仙姐姐，倒是以前不知道这么二也能写书。”

“……你闭嘴。”

“距离闭嘴倒计时三分钟，我们要到了。”

我抬眼往路侧看去，下一个匝道近在眼前。主路南侧的视线可及范围内隐隐约约有个院子，想必就是那里。

敢住在这儿躲债，显然这郊外豪宅是抵押给银行的资产之外的房产。唉，有那么些有钱人真是让我不知说什么好。

车顺着匝道下了主路，身边是一片光秃秃的树林。没有叶子的瘦高的树一棵一棵整齐挺直地排得像网格线，地上厚厚一层蓬松的泥土色，辨不出究竟是泥还是落叶。

李惟没有拐上那条往南行的直路，而是沿着指示牌绕了一个大圈儿，朝回程的方向再一次上了主路。

我顿时升起一脑袋问号："我们不去了吗？"

"你没看见那栋房子里有车开出来吗？"他平稳地握着方向盘，直视前方，"要是我们开进去就会跟他们的车照面儿。那条路直接通到他们院子前，不可能不起疑。万一吓跑了下次就不知道什么时候能找着了。哎，你看一眼就行，别总回头。"

我转回头来。右边反光镜里映出了个蓝色的小点儿，这么看上去就跟玩具车模型差不多大小。

对，李惟老早就给我科普过：最安全的跟踪方式不是尾随而是开在目标前方，尤其当路上车少的时候。假如路况不太好掌握，只适合尾随，要是遇红绿灯转绿前车还停在原地，那么千万不要犹豫，目不斜视地变道超车开走——跟丢一次事小，暴露自己引起对方警觉事大。目标紧张起来很可能只顾甩掉尾巴而顾不上安全驾驶，发生交通事故就糟糕了。

此时我们正开在一条宽敞而空旷的公路上，除了每隔好几分钟才有一辆逆向行驶的车擦肩而过之外，跟我们做伴的只有后视镜里那个渐渐靠近的蓝色轮廓。李惟小心地调整车速，以便保持合适的距离。可路上车太少，我们没法靠得太近，自然也就看不清楚后车驾驶位里坐的是谁。

我们两辆车一前一后跑了一阵，李惟忽然没头没脑地问道："你拍照手抖不抖？"

"车不颠我就不抖。怎么？"

"打开你前面的储物格，拿相机，拍下清晰的车牌号。能拍到司机的脸更好，不强求。别从窗外拍，透过后风挡玻璃拍。"

储物格里躺着我出师未捷就被收缴的录音笔，还有……另一支贵得多的录音笔和两部相机。

眼见我要伸手摸卡片机，他果断吩咐道："放下，拿单反，装定焦镜头。"

"啊？"我抖了一抖。

"我调节车距，你只管拍。把镜头架在靠背上，加上光学防抖应该没问题。"他下起命令来语气和语调都和平时说话不一样，浑身上下散发出一股"不服从命令你就死定了"的教官气质。

我这人对权威姿态做出的反应一向是本能地盲从，李惟小心减速时，我居然条理分明动作迅速地装上镜头扭过背去趴向座椅靠背，做好了一旦图像清晰就按下快门的战斗准备。

第一次玩中长焦镜头，还是用来偷拍，内心一阵激动油然而生——我姿势扭曲地蹲在一辆租来的旧车里，端着相机眯着一只眼睛，等着猎物的影像在镜头中渐渐清晰。

当他的临时跟班半个月，每次都是坐着盯梢、坐着盯梢、坐着盯梢和坐着盯梢，现在终于有了点儿菜鸟侦探的意思。

傍晚回到市区后，我们坐在一家叫不上名字的路边小饭馆里整理照片。虽然我是拍了不少张一团模糊的抓瞎成果，好歹也有几张拍到了清晰的车牌，还能隐约看见开车人的样子。

“我拍得还行吧？凭照片能认出人吗？”我问。

他忙着发邮件，盯着手机屏幕头也没抬：“活儿都干完了就别惦记了。你不饿啊？”

我抬眼看看四周——大门外夜幕下缀满了路灯，并不清透的玻璃门上用醒目的红色大字贴着招牌菜和宣传语句，街上川流不息的车仿佛从字的缝隙里穿行。正是晚上七点多，店里坐满了人，说话声、电视机声和来自不同方向的食物的味道挤在这小小的空间里，混合发酵成一种又聒噪又亲切的生活感。

这是一种杂乱却活生生的感觉，一种嘈杂无序又简单放松的感觉。

店员端着托盘如杂技演员般来来回回，飞速地在我们面前放下一盘碧绿的荷兰豆，又飘向下一桌。

我忽然记起小时候家楼下的早餐摊儿。相熟的邻居和不认识的路人在同一张矮桌边相邻而坐，低下头喝粥时几乎可以碰到对面人的额头。油条在身边某处的煎锅里翻转，隔壁的芝麻汤圆香味热烈地加入，街对面人锅里沸腾而出的水蒸气卷着馄饨面的形态，似有某种规律般不紧不慢地融入进来，如重奏一般响在每个清晨。

自家厨房里的声音、香味和秩序，外面截然不同的热闹气息……童年的每一天清晨都是从这儿开始，它们印在我脑海里，仿佛将童年时的记忆编码压缩，等待着很久之后的某一时刻被某一个细微的片段触发。难以说清我回忆起的究竟是什么，或许是往事，或许是时间，或许是再一次面对面地看到了童年时的自己。

在这一刻，我终于恍然明白了我这些年为什么再也没能写出好看的书。

随着年龄渐长，我们学会了筛选感官记忆，略去无关紧要的细枝末节，只记住有关的部分，直到成为习惯。

——感知力渐退也是成熟的一部分，因为唯有适度的钝感才能带来豁达和幸福。

成长时依赖直觉和本能生活，成熟后靠着经验和规则生存。

每个人生来都是一部毫无章法却丰满动人的小说，只是我们活着活着就活成了秩序井然的大纲。

不知从什么时候起，我像大多数成年人那样习以为常地活着，在学会规避烦恼的同时也不再对一切感到好奇。原来我需要的并不是任何一个不同以往的故事，我需要的是曾经会讲故事的自己。

当我发完呆想起抬头看看坐在对面的李惟时，他已经不声不响地吃光了一碗米饭。

E 06 墨菲定律

第二天早上醒来时，我被闹钟指向的数字吓了一跳：12 点半。

准确地说，是中午。

常年宅在家凌晨睡中午醒是常事儿，可我下午两点有课，睡前明明定了闹钟。难道是昨天的公路谍战太激动太耗精神，导致回家来睡得连闹钟响都没听见？不至于吧，我也就是拍了个照而已。没时间坐在床上揉头思考，我睡裤也懒得穿，光着腿跳下床来直奔洗手间。光速挤好牙膏塞进嘴里发现味道有点儿怪——喵了个咪的，下回一定换一管形状跟牙膏区别大点儿的洗面奶！

打开热水龙头，随着水流听见一声热水器启动的轻响。

这啪的一声仿佛开关般敲醒了我迷迷糊糊的大脑，我记起昨夜洗完澡后找不到润体乳了，当时热水器也是像这样轻轻的一响，然后停了下来。接下来的情节就是我包着浴巾满屋子找润体乳：洗手台上没有，床头柜上没有，书桌上没有，餐桌上也没有。我甚至连衣柜都翻了个遍，大概是觉得自己有可能在拿衣服穿时顺手扔了进去。翻箱倒柜了若干次后，终于在冰箱里找到了它。

整个过程我都裹着那条半湿的浴巾，直到找到后还坐在沙发上思索半天它到底是怎么被扔进冰箱的。从上一次见到它开始追溯，一件一件回想我上次用完后都做了些什么事，最终成功地记起是因为当时我从冰箱里拿了半个柠檬。

我知道我可以穿好衣服吹干头发再找它，刚洗完澡皮肤也没干燥到非要用了它才能穿衣服不可。但是……那么做的话顺序不对。顺序不对倒不会让我焦虑，只是我不习惯在一个完整而连贯的过程中有缺漏的一环。这不是病，这很正常。就像看到一大片整整齐齐的地砖歪了一块，谁都有冲动把它摆整齐。

经过那么一折腾，我洗澡时脑海中盘旋的提醒字幕“记得定闹钟”早就散去了。看，一有突发状况就会把后面的步骤全打乱。真伤脑筋啊。

忘记定闹钟所以我起晚了，所以很可能今天要迟到。

想到这里，我噗地吐掉一嘴的洗面奶泡泡，伤感地拧开了漱口水瓶子……

折腾完毕冲进地铁站时我已经着急得要挠墙，根据墨菲定律，现在正是地铁怎么挤也挤不上这种事儿该发生的时候，然而我没有其他可靠的选择——墨菲定律此时此刻想必同样适用于公交车和出租车。就好比看三小时的电影你只离场去洗手间三分钟，那三分钟就错过了剧情高潮；好比排队时看到另一队更快，刚换过去原来那队就开始动了；好比聚会时早到五分钟结果等出发等了半小时，而才晚到五分钟，大家都已经没等你出发了。

不幸中的万幸，我吃东西没噎着。

可是……这样咬着面包在大街上上演《罗拉快跑》，我这辈子都别想像爱情小说里那样在街头邂逅真爱了，唉。虽然知道这些桥段都是我们这种人编出来哄人的，可内心还是难以避免地有一点儿失落。

转念一想，没法儿街头偶遇真爱有什么大不了的，总比饿着肚子没吃午饭强。

等了两趟我就上了车，在中途转线时随着人群经过那条长长的换乘通道。在摩肩接踵慢慢往前挪移的过程中，我惊奇地发觉今天连一丝想掉头回家的冲动都没有出现。

改变的感觉也不是那么糟。

而且，今天我没有迟到。

今天下午是范蕾老师的情景写作课。

我第一次见范老师不是在课堂上，而是那次嘉文带我去找钟子筠老师时，她就坐在钟老师旁边。

“坐她左边的是范蕾，”当时嘉文偏着头示意我看那个妹妹头姑娘，“钟子筠跟她是一起教书熟的，这回就是跟她合作编剧。”

我看了一眼范蕾，她看起来似乎年纪比我小，穿着碎花衬衫坐在那里，不知道的人以为她还是个学生。直到上过她的课才发现外表都是不可靠的——看漫画的同学应该很熟悉这样的画面：路上迎面走来一个漂亮小姑娘，看她纤瘦柔弱正欲上前调戏，没想到她甩手就从身后拔出一把 Mac10 冲锋枪。这么说好像有点儿夸张，然而自从听季然称她为“杀手蕾昂”后，我觉得我的比喻还算保守。

吊诡的是，虽然每每上课都排着队被她伤自尊，但大家跟范老师的感情都不错。挨训之后还是一条接一条的好汉，集体玩儿成一团。班上跟她走得最近的除了季然就是坐我身边的朋克女青年贺雅言。季然跟谁感情好都不奇怪，奇怪的是平时连话都不怎么说的贺雅言跟范老师居然熟得很。多亏有她存在，我才不算是这一小群人中表现最孤僻的一个。她好像是做录音还是混音的，总之我们外行傻傻分不清楚，只见她老是挂着大耳机来来去去。

说她是朋克女青年有点儿笼统——应该是朋克中的小清新。瘦、高、平胸、短发，这配置本来就看着很艺术，但她打扮得一点儿也不怪，反而挺清爽的，身上的衣服总是线条干脆又中性的黑白灰，化妆也简单通透，烟熏熊猫眼这种东西从没在她脸上出现过，整个人就像卸了妆再摘掉耳环鼻环脐环各种环之后的清新版龙文身女孩儿。第一眼见到她时，我真有种掀起衣服看看她有没有文身的冲动。

女孩子之间建立交情的过程永远都是简单而高效的，大部分人上完两次课就已经熟得出门能挽手进屋能袭胸了，而我到第五次课后才跟贺雅言说上第一句话。

那是周日傍晚下课后，我在大厦楼下的便利店买饭团，走到收银台前就看到了戴着大耳机抱着一瓶乌龙茶的贺雅言，耳机线绕过衬衫衣领，顺着黑色套头毛衣爬过肩头。她结完账转头看到我，点头笑笑转身走了。出了便利店拐弯进地铁站，站在自动扶梯上又见她的背影杵在前面不远。不大的头上戴着大耳机，假如把灯一关，她的剪影肯定很像《银河系漫游指南》里那个有忧郁症的机器人。

我对她说的第一句话是：“你的手机在响。”

那时她的手机在大机车包里响，铃声是阿呆[1]的《蹂躏赢的帝》——不好意思，是《Rolling in the Deep》。在地铁过道里都能听清楚，可想而知它多有穿透力。我走下两级台阶拍了她一下，她侧过头，取下耳机，这才听见电话响。

走道不长，半分钟就到了站台。本以为她接她的电话我等我的车，不会再有后续，没料到她挂上电话后转头问我："以前下课好像没碰见过你进地铁？"

"啊，对。我平时回家不坐这条线，今天有事儿。"

"噢。"她答了一声，没话了。

一个不善于搭讪的人碰上另一个不善于搭讪的人，试图聊天总难免不自在。

她说完了理应换我说，于是我没话找话地问："你在听什么？"

"喏。"她从脖子上取下挂着的耳机递给我。

我接过戴上，满以为会听到 Radiohead（电台迷乐队）之类的英式摇滚，结果耳边传来的是平静的钢琴声。

"肖邦《降 E 大调夜曲》？"别问我一个五音不全的外行怎么能听出来，大学里有样东西叫公共选修课，而懒人抢不到简单易通过的课必然是毫无悬念的。为了学分我苦逼地听了整整一学期的西方音乐史概述，所幸咱们上的是戏剧学院，要是外语学院随便一个初级什么语都能弄残我。

"嗯，怕吵。"她脸上的表情居然有几分腼腆。

我想起来她是干录音的，天天用耳朵工作，怕吵简直是理所当然。

---

① 英国女歌手阿黛尔。

旁人都以为她冷淡不爱理人，其实是在避噪声；用闹腾的电话铃声大概也是怕戴上耳机听不见吧……唉，我脑海中的龙文身形象开始晃啊晃，马上就要晃散了。

从那天后，我们上课见面也会偶尔聊两句。都说了社交障碍不是什么重病，那些没治了的都是把症状看得太重的。

像今天，我踩着点儿奔出电梯奔进课程中心，正在休息区跟范老师聊天的贺雅言一看我这阵势就笑了："什么鞋啊，还带滑行功能的？"

"速度鞋。"这双平底鞋很旧了，因为舒服，通常我穿它去超市以及应付需要脚底抹油能力的紧急状况。

范老师一脸正经地提议："不来个空翻？"

"……不来个示范？"我一下没适应"杀手蕾昂"的一对一近距离说笑，便蹦出了这么个反应。

"示范可以有。我家猫像狗，只要吃饱了开心了你让干吗它就干吗。"

贺雅言接过话："得让她把鞋借给你家猫。"

我们正瞎聊着准备进教室，前台一个课程顾问姑娘过来叫住了范老师。她拎着包，手上拿着准备收进包里的笔和小本子，看样子要下班。这里的晚上最后一节课十点结束，所以前台每天会有两班，上午那一班刚完。

她说话声音跟身上的香水味一样甜，凑过来就亲昵地挽上了范老师的胳膊："饭饭，你下课是不是去剧场盯彩排啊？钟老师在那儿不？"

"在吧，是不是有她东西让我捎过去？"

"刚才有人打电话找她，留了名字让我转告请她回电话。我琢磨着打办公电话找她应该不是多熟的朋友，也就没告诉他钟老师的手机号。我刚打她手机没接，应该是在剧场忙着。你帮我转告一下好不好嘛？”看看行政的姑娘，一个个又嗲又精，单身男人上这儿来找媳妇准错不了。要是嘉文在，准该说我大惊小怪——人家那叫职业素养！

“行，叫什么？”

她从手里的小本本上撕下一张便条递过来：“名字在这里，没留电话号码，他说钟老师知道。”

那张字条上有八个字母和一个小圆点：Mr. Gordon。

“哟，老外？”范老师接过便条顺口问，听语气只是表达意外而已，并没打算期待回答。

然而课程顾问姑娘听这一问顿时精神起来，脸上写满了“问我，问我，问我就对了”的表情：“可不是！英国腔，听着特别性感。刚开始说找密斯钟，后来留言的时候让我转告‘Joanie’，接着立刻改口说‘Joan’，这一听就是叫惯了一时说漏嘴。你说，亲密不到一定程度不会这么叫昵称的吧？可要是很熟的话怎么连手机号码也不知道？会不会是以前在国外的前男友？我跟你说，我就觉得那声音在什么地方听过，有点儿熟悉。”

“英国口音，知道了，我跟她说。不耽误你下班，我上课去，回头聊。”范老师收起便条，冲她笑了笑。

“谢谢亲爱的！要问出什么料回头告诉我呗！”她嫣然一笑，拎起包优雅地扭向了电梯间。

贺雅言跟我面面相觑，继而一齐看向范老师。

“别看着我，”范老师表情略带无奈，“我也不知道我做了什么，让她认为自己跟我感情这么好。声明一下：我不是不喜欢聊八卦，只是不喜欢背后议论我姐们儿。她们能见面叫你亲爱的，转背就互相编派，天赋异禀啊，想学都不一定能学得来。”

“她叫你‘饭饭’。”贺雅言一脸即将起鸡皮疙瘩的表情。

“所以我完全明白叫昵称根本不代表有多熟。搞不好当面是‘饭饭’，背后我就成‘饭二’了。”

…………

其实我对来电话的男人也挺好奇的，不知道是不是写的小说多了，大脑联想力比较发达，我总隐隐约约觉得这事儿透着一丝狗血气息。钟老师从不提过去的生活一定有她的理由，虽然我也讨厌那几千只鸭子在背后瞎议论别人，可那不表示我不能偷偷好奇。我决定今晚回家就刷刷推特，看她关注的好友里有没有人姓Gordon。作为一个有节操的女青年，我决定无论挖到什么料都坚持三不原则：不透露、不分享、不传播。

等等，李惟既跟她没交集也从不多嘴，跟他说应该没问题吧？

嗯，应该没问题。前提是万一我真能挖出故事来的话。

E 07 贪食蛇

几天后的周四晚上，我约李惟一起去看话剧。

倒不是有什么特殊的原因——我没挖出什么可跟李惟分享的故事。上次翻遍了钟老师的推特都没找到一个姓 Gordon 的好友，唯一一个 G 开头的叫 George。这俩名字相差不小，前台妹子就算听力再坑爹也不会把乔治听成高登。毫无线索，只能把此事标记为悬案。

今天是上次跟嘉文看过排练的那部话剧公开演出，钟老师给我们班每个人都留了票。自从首演前一个星期开始票就有点儿紧张，所以给我们留出来的票分别是不同的场次。嘉文的跟我同场，但她要去外地开会，于是票也被我接收了。

每每到要约人的时候，才会意识到自己的好朋友太少，常常联络的都趴在十万八千里外的网线另一头，同城却不常联络的朋友我始终不好意思搞突然袭击。我不大擅长主动联络别人，尤其是当对方与我之间已经比从前疏远一点儿的时候。但这也没什么大不了：我在不社交的时候不焦虑，为了不焦虑我可以不社交。我最近不大纠结这些。活了 25 年等于已经过完超过四分之一的人生，值得操心的事儿多了，为情绪问题而苦恼绝对是为了捡芝麻而丢西瓜的破事儿。

不是不觉得有问题，而是不值得小题大做。

李惟说我这是典型的神逻辑，我自己也觉得奇怪：天知道我一典型的社交障碍怎么会跟刚认识不到一个月的他有那么多可聊的。

对啊，本来约定的是我当他一周的跟班，这都快一个月了，我们谁也没提议解散。

无论如何，跟他一起看话剧不会无聊也不会不自在就对了。

周四晚上我们约在剧院门口见。

离开场还有 20 分钟，我站在门口远远地看到他从人行天桥上下来，穿着一件看上去软绵绵的羽绒服。在夜色里隔着好几十米的距离，铁灰色的台阶上那个身影每往前一步就变大一格，好像某个 20 世纪 90 年代的手机游戏画面。

下天桥后他也看见了我，于是一路小跑到剧院门口。

"傻笑什么呢？"他见了我第一句话就问。他今天居然把胡楂儿都刮干净了，样子比平时精神不少。

我从口袋里拿出票递给他："刚才你走过来的时候真像贪食蛇。"

"我长得有那么怀旧吗？"他不以为意地笑笑，回过头看一眼自己来的方向，"嘿，还真是！那么大条蛇尾巴搁马路上，谁来都能演一回真人版贪食蛇，走一台阶长大一格。"

冬天的晚上，即使没有风，站在户外也很考验耐寒能力。我们兴致勃勃地原地观摩了若干条陌生的"贪食蛇"陆续通过天桥，终于在鼻子冻麻之前撤进了剧场。

剧场不大，检票进厅的入口排着队。排在我们前面不远处的一对情侣正你一颗我一颗地吃棉花糖，手里还抱着纸杯咖啡。

李惟转过身压低音量说：“我一直以为在这儿看演出不让吃东西……”

“是不让。”我小声答他。

他用一种非常含蓄的幸灾乐祸的眼神看着我，我也报之以同样的神情。还没等我们的表情发挥到位，前面就传来响亮的女声：“咖啡也要寄存？散场再拿还能喝吗？不让带进去怎么不早说啊？”

检票的小姑娘显然见惯了这种状况，回答得要多温柔有多温柔：“对不起，食物和饮料的确不可以带进场。在票的背面有说明，您看看。”

棉花糖姐还想再说点儿什么，她男朋友在旁边拍拍她的手臂，她便一脸愠色地甩下咖啡杯再从她男朋友手里一把揪过棉花糖包装袋，也不去接工作人员递来的寄存牌，说：“你给我扔了吧，不要了！”说完一扭头进去了。

检票的姑娘脸上连个无奈的表情都没出现，带着微笑继续跟下一位点头问候。

看看这心理素质。

他们进去后，前后排队的人群里有叽叽喳喳的谈论声也有微博提示音，不排除刚才有人偷偷拍照。

“这样的也有人要，”我摇摇头，“有的男人就是五行欠虐。”

李惟却不同意：“跟你说吧，你要是找着一个这样的男朋友，我保证你死而无憾。”

“死而无憾？！我在你眼里是有多滞销啊？”在这人群密集的公众场

合，我不好意思太大声，要搁外边儿我早已经咆哮上了。

“别急啊，”每当我着急的时候他都尤其慢条斯理，“你们女孩子的择偶观不都这样吗，又喜欢别人百依百顺，又想找个爷们儿点儿的。刚才这就是两者的平衡：首先，女朋友在外边儿丢人的时候他不发脾气不甩手走人；其次，出了状况迅速息事宁人，忍得住不添乱。什么叫爷们儿？爷们儿不是一天到晚装得霸气侧漏，而是发生天大的事他都包容得起。你觉得他窝囊，他还不见得在乎外人怎么看。自己选的女人是好是坏全都认，找到这样的男朋友还不死而无憾？”

“说不定他不插嘴是怕了那女的呢，被你说得这么高尚。”

“刚才他拍了那女的胳膊两下，对方马上收敛了。这说明他在女朋友面前说话不是没分量。他女朋友心里清楚得很：能闹闹脾气是因为有人包容，闹得过分了自己兜不住。那男的刚才表情和肢体动作都冷静着呢，照我看，他女朋友再闹就麻烦了。你说你明明戴着眼镜，视力还是这么对不起观众，多一目了然的事。”

我表示不见证据就不服：“刚才大家注意力都集中在棉花糖姐身上，谁知道她男朋友表情冷静不冷静？”

“看吧。”李惟让我看他的手机。

他居然也拍了照？我接过手机，一按唤醒键便看到了屏幕上的棉花糖姐和棉花糖姐夫。这家伙身手也太快了，简直是随风潜入夜，偷拍细无声。

前面的队伍往内移动，到我们了。李惟将票交给检票员，顺手就从我这儿把手机收了回去：“别瞪眼，要是让你发现我就可以下岗了。”

我们入场时，演奏厅的灯光正在逐渐变暗，是提醒观众赶紧入座的信号。

眼神不好的最怕走路熄灯，比如我。

李惟不声不响地伸过来一只袖子。我抓住捏了半天，总觉得哪里不对，好像抓不稳要滑掉的样子。

“快别摸了，牵着走吧！这就是一袖子，里面不附赠胳膊。”李惟回过头来甚是不耐烦地解说了一句。

我恍然大悟，放心地拉着羽绒服袖子跟着他往前找座位：“我说怎么没肘子，还怀疑拉错人了呢。”

“你才肘子，前后蹄儿连着肘子。”他哭笑不得地回敬我。

“唉，算了，谁让我得摸着鸭毛过河。我闭嘴了，你自便。”

“嘚瑟吧你！我跟你说：这人固有一摔，或轻于鸭毛，或重于肘子，用之所趣异也。”

不出意外，跟他斗嘴我就没赢过。不过这也正常，我要有说得过他的本事，书也不会卖得那么惨了。

说到这事儿，我打算写的新小说还一笔没动。真苦恼啊。

我们的座位在厅左边第四排，虽然有点儿偏，也已经是很好的位置了。这前前后后左左右右全都塞满了人，或许其中 80% 都是冲导演和编剧的名气来的，有 20% 原著党就不错了。而我两者都是。真的，即使老师不给我留票我也会来看。

落座之后，李惟那件被我一路拉过来的羽绒外套搭在他膝盖上，看着像棉被，软绵绵又很暖和的样子。他低着头在看手上的话剧资料折页。

过道的壁灯熄了，观众席上方还有灯亮着。灯光从头顶斜斜地照下来，他短得可以忽略的头发此时被蒙上了一层柔软的光泽；我看见他侧脸边睫毛的阴影不时动一动，随着目光一行行掠过纸面的节奏，这种感觉真像在大学图书馆里偷看邻桌的男生复习。想不到平时一副大叔样的李惟，在灯光效果过硬、姿势正确的环境下还是挺萌的嘛。

他身上的衣服也穿得很有趣：普通没花纹的毛衣，颜色是一种比绿豆糕浅一点儿的灰豆绿色；棕色棉布衬衫，领子也软绵绵的，像酱豆瓣一样从毛衣的领口露出头。黄豆绿豆好基友组合啊这是！

“研究什么呢？”他扭过头准备跟我进行对瞪，结果看到我脱了围巾帽子外套之后的造型，开始严肃认真地打量起我来，一个个辨认我衣服上的字母：“B-A-Z-I-N-G-A？”

——我穿着一件《生活大爆炸》中的红色长袖，胸前印了牛大的一行“Bazinga！”（类似于中文逗你玩）

我略为嘚瑟：“唉，这个笑点你们中年人不懂的。”

李惟顿时露出一种“姑娘你今年贵庚”的表情，问：“你该不会还有一件谢耳朵敲门三部曲的衣服吧？”

“没有，但是我有耳朵的绿灯侠T恤。”

“那绿灯你有吗？”

“难道你有？”

“路口就有，不信一会儿带你看去。”

“……”

明明满头黑线不想答话的是我，李惟居然在一旁又默默地把羽绒服从膝盖往上拉了一点儿，企图盖住他一身的黄豆芽和绿豆糕。

他惋惜地叹了口气："唉，咱俩坐一起，远看一定像一棵番茄。"

"放心吧，你还没那么绿。"

"那就芥末和北极贝。"

"你没吃晚饭啊？看什么都像吃的。"

"我是没吃，忙晚了，这儿又不让带吃的进来。"

"那等会儿看完去吃？"

"对了，话剧多长时间？"

"140 分钟。"

"……"

他终于也无言以对了一次。

E 08 查理·高登

我知道谁是 Mr. Gordon 了。

在这容纳了几百人的剧场演奏厅里，在舞台上，一束圆形追光笼罩着一张雪白的病床，男主角查理坐在病床一侧，眼神空茫。

第二幕由刚开场时面包店里诙谐的轻快节奏急转直下。灯猛然照亮查理的病床，如果不是有穿白大褂的医生在旁，我几乎以为那是审讯室的画面。

“我叫查理，在多纳先生的面包店工作，每个星期的薪水是 11 块。如果我想要蛋糕或者面包，多纳先生也会给我。我已经 32 岁，下个月又要过生日了。史特劳斯博士说我应该坚持记录我脑子里面想到和记得的东西以及其他一些发生的事。我不知道他为什么要我这样做，但是他说这件事很重要。博士还对我说：查理，如果这个试验失败了，你还是对科学贡献很大。这个试验在动物身上做过很多次都成功，但从来没在人类身上试过，你是第一个。”

他的独白断断续续，笨拙而吃力。他坐在那里，犹如成年人的躯体里住着一个无所适从的孩子，机械地任由身边穿着白大褂的医生和护士一颗一颗解开他的衬衫扣子、剥掉外衣，把他裹进手术服里。

这一场没有条理的絮叨却出乎意料地充满震撼力。演员细微的表情、肢体动作、声音，完全拿捏出查理痴愚又略带惊恐的状态。惨白的灯光在明暗之间不经意地转换，观众席上一片寂静。

手术进行时，背景音乐竟然是大提琴演奏探戈舞曲。琴声以柔和从容之力包裹着激昂的情绪，千钧之重悬于纤细的一线，举重若轻地缓缓降落。这一幕的氛围太有力量，我们坐在台下如同亲临查理的内心——希冀与恐惧不断交战，在无法掌控的混沌中试图理解即将到来的未来。

原著的前半部是缓缓行进渐入佳境的节奏，想不到同样的情节，在舞台上可以处理得如此富有冲击力。

对，原著里查理的全名叫查理·高登，那不就是 Charlie Gordon？这几天一直让我好奇的高登先生原来只是个虚构的人物？打个电话而已，需不需要搞得这么像间谍活动？再说了，如今还有谁打电话都不留真名？还英国口音，威廉王子吗？

“怎么了？”李惟在耳边低声问我。

我被他吓了一跳：“你怎么问我怎么了？”

“眉毛上扬、两眼瞪大、嘴巴微微张开，不是捡到了钱就是捉到了奸。”

见鬼，他说得还真没错。

“哎，是这么个状况，”我往右挪了挪，把音量调的比刚才还要小，“我觉得，我好像发现了一件很狗血的事。”

“跟台上的哪一个有关？”

“都不是。要不等会儿散场之后吃饭的时候再说？”

“行，只要你先把肘子从我的毛衣上移开。虽然你不是特别重，但一肘子下来也不轻松。”

难怪他刚才注意到了我的表情，原来我撑在座椅扶手上的手肘不留神压到了他的毛衣衣袖。

“对不起对不起，没注意。你怎么不早说啊？”我赶忙挪开。

“你真感觉不到自己的肘子下边有异物吗？”

“你才肘子，你才北极贝，你才番茄。”

散场后李惟已经饿得前胸贴后背，我们只好就近进了街对面的快餐店。饿出了境界、饿出了水平的李惟做加速版贪食蛇状，飞快地穿过天桥奔向三明治。

我坐在他旁边慢悠悠地喝着汽水，面对大街的玻璃墙上贴着每日推荐的海报。我从店内看出去只看得到海报的背影，上边的图案和文字都是反的。比如“香葱照烤鸡排”，反过来一读就成了“排挤考照葱香”——有个叫葱香的因为一直考不到某种执业执照，所以遭到同事的集体排挤。嗯，倒过来还挺有故事感的，有人物有事件有冲突。

想着想着忽然意识到：我是从什么时候开始变得跟以前一样放松了？

刚开始写第一部小说时我 20 岁，还是个学生。那时无论走到哪里都觉得眼睛可以看到故事，哪怕只是一棵光秃秃的树。映入视线的那些相关的、不相关的细枝末节都会自己在脑海中慢慢发芽、彼此嫁接，形成一个我写完之后再读都仍然觉得新鲜的故事。仿佛它们本身就有着不可替代的生命力和成长节奏，而我只是个将它们修剪成形的园艺师。

我不知道它们是从何时开始消失，又是怎样消失的。我什么也没做，一直像以往一样生活，可它就这样消失不见了。后来我从嘉文那里听说书店开始经常往回退我的书，卖不动的最后都运回了出版社存着。

这就是我成为一个名符其实的“滞销书作家”的经过。

嘉文说，有人的天赋可以保留一辈子，也有人短短几年就莫名其妙地全都挥霍完了。我想我是属于后者。

我书柜里收藏的好书在不断增加，自己能写出来的却越来越少、越来越糟。

曾经的天赋好像成了负值，无论我多努力去补充，甚至把自己活活整成了其他人眼中的一本正经学院派女青年，但仍旧感受不到一点儿进展。

可就在刚才，我似乎又有了那么一丁点儿从前熟悉的感觉。而且，我大约想到了这是从何而来。

是钟老师的五分钟头脑风暴游戏。

一张题卡，五分钟时间，不许停顿，每个人接连根据题卡上的提示，立刻说出一句故事内容。循环进行，玩儿够五分钟为止。

我因为怕说不上来，每一次讲的都是现成的故事——书里读到过的、电影里看到过的。自从写不出好看的小说，我都快成看书看电影专家了。

在这个游戏里我没有过什么原创答案，可除了这个游戏，我想不到还有任何别的原因给了我那一丝改变的惊喜。

坐在身旁的李惟已经胜利消灭了一个加足料的六英寸三明治。

他吃东西真快真专注，每次看他吃饭都觉得生活中其他的破事儿都不算事儿，只有吃才是最幸福的。

“说吧。”他吃饱了，总算记起我的存在了。我们每次对话都是从特别直截了当的要求开始。刚开始跟着他盯梢的时候，一上车他就五个字："手机，录音笔。"要走就六个字："你回家，我去跟。"偶尔一起吃饭，他也从不问"要不要一起吃饭"，而是斩钉截铁地甩出三个字："走，吃饭。"

他就是典型的开头简洁，中段话痨，收尾……看心情。任何只跟他进行过聊天第一阶段的人，都会误以为他是一朵闪电般的奇葩。

"我发现的那件疑似狗血事件是关于我老师的，还是我特别喜欢的一位老师。"我玩儿着汽水吸管。

"别铺垫了，就说你想怎么着吧。"

"我就是好奇。就算以后知道了也不打算跟任何人说，除了你。告诉你是因为你不认识她。"

"现在你都知道些什么？"

"前几天有一个据说声音特别性感的老外打电话找她，她不在，对方留下了名字请她回电话。没有留电话号码。今天我发现他留的名字是咱们看的话剧的男主角，查理·高登。"

"你确定你不是想拿人家的事儿来写小说？"

"当然不是，小说不是有你吗？"

"我什么时候答应让你写了？"

"没说写你。就是体验体验，好有素材。"

"你一直没告诉我你想写的是个什么故事。"

"嗯……《龙文身女孩》那种。"

"你先跟我说说你构思到哪一步了，需要什么素材。给不了你现成的资料，我教你方法。"

“我想知道各种调查方法，还有一些难以预计的突发状况，这样真实点儿。”

“简单的你可以自己体验。明天有事儿吗？”

“晚上上课，白天没事儿。”

“明天下午来我这儿上课，不管饭。”

“那我管你饭行吗？”

“晚上我也有事儿，留着下次。走吧。”

“哎，这就撤了？”

“不撤在这儿过夜啊？”

“最开始说的那事儿你还没说你怎么看呢。”

“我又不是元芳，我怎么看。”

他走到门边，拉开门让我先过。

地铁站就在门口，我们回家不同线。

下行的扶梯上，李惟站在我前面。

扶梯下到底，我们走进通道时，他没头没尾地问：“你变化挺大的。自己发现了吗？”

“我？我还不是那样吗？”

“你第一次来找我的时候，连跟陌生人多说两句话都不敢。”

“我们现在不是熟了嘛。”

“行吧，这事儿我说了不算。留着明天你自己去发现。”他笑了笑，示意我看身后，“你车来了。”

背后列车进站的声音由远及近。车来了。

站在地铁车厢里透过圆角窗往外看，李惟早已进了前面换线的过道，不见踪影了。

我真的有变化？或许吧。

E 09 出师不利

次日下午，李惟和他的跟踪专用车都在小区门外等我。

我当然要做准备，欢欣鼓舞地带齐了装备——我的装备带齐了也就这几样：相机、录音笔、手机、记事本——上了那辆发动起来抖抖索索的车。

这一个月我已经练出来了，区区人肉牛皮糖功能算什么，现在这车发动的时候我晃都不带多晃的。

“带那些干吗？”李惟见我搁在膝盖上的包有点儿内容，大概知道我都背了些什么。

“今天不是给我上课吗？”

“你今天用不着。”

“噢。”说得好像我以前哪次用上过似的。

车往市中心驶去，七拐八拐到了一个挺贵的楼盘附近。这里有点儿闹中取静的意思，周围不远处就是繁华地段，这里却因为位置巧妙，并不吵。

李惟把车停在路边的公共车位，自己先有条不紊地停车熄火拉手刹松安全带，然后才不紧不慢地侧过身，指指前面五六十米处的小区大门：“你今天要干的第一件事儿，就是进这个门。”

“进去了然后呢？”

“还‘然后’，你打算怎么进去？”

他真是问得稀奇。

“走进去啊。”

“你当门口那两个保安是死的？我可没有门卡给你。”

事先还搞得这么神神秘秘，原来第一课就只是进个门而已。

“李惟同志，不要太小看我的战斗力。”我推开车门拎起包斗志昂扬地出去了。

我没当那俩保安是死的，是李惟当我是瞎的。旁边“售楼部”三个那么大的字我不戴眼镜都能看见，进个小区能有多难？

售楼部里人还不少。有看地图的、有围着沙盘的，还有坐在接待区跟置业顾问聊得正热烈的。还没转完一圈儿就有个漂亮姑娘看到我了。伴着一阵清脆而有节奏的高跟鞋声，她走过来了。身上穿着紧窄的黑色套装，裤腿遮住了鞋跟，随着走路的节奏一晃一晃。

她笑容甜美，张口就问：“您好！您想看什么样的房型，多大的单位？”

她两手空空没拿资料，我最好别给她这个机会，直接要求进去看真相。

…………

整整 40 分钟后，我默默滚了出来，灰溜溜地钻回车里。

“怎么样，人家样板房好看吗？”李惟倒是等得不着急，还有心情幸灾乐祸。

“好看。你让我进的是一期，一期已经卖光了，他们带我去看的是二期。一期和二期之间现在还不通。”暴走表情已经在我脑海中来回盘旋。

“你事先不会问问啊？让你看二期你不会不去？”

“我哪知道还有个二期……”

“抬头！”

我这一去40分钟还没成功已经够丢人了，于是他说抬头我就听话地抬起头。

他指指前面上立交桥的十字路口：“那边。”

我扭过头往上看，顿时欲哭无泪了：立交桥边上立着一个又高又大的广告牌，“二期”两个字闪瞎了我的狗眼。

“你这方法不是不对，只是进任何售楼部之前必须先把状况了解清楚，弄明白他们有没有可能带你去你要去的地方。”他说着发动了车子，“安全带。”

“这就回去了？”

“想得美。换一地方接着试！”

还好这附近别的不多，楼盘倒是不少。

可他接下来把我放到了一座写字楼门口。写字楼是大堂门禁，白色射频卡粗看上去应该都差不多，只要别给人细看的机会。

我从包里摸出上课那幢楼的门禁卡，剥掉有标志的挂绳和卡套；正准备进去，想了想又折回去把包留在了车上，手里只拿着钱包、手机和卡进了楼。

午饭时间已经过了一阵子，大堂里冷冷清清的。没几步我就该走到门禁了，保安就在那儿站着，我不可能晃来晃去或者戳在边儿上等人，这时候再不进来个人我就真没辙。

眼看就要走到，还是没人来。我手上的卡是摆设，一刷就穿帮。

保安现在还没注意到我，我趁机拿起手机给李惟打电话。

“进不去？”李惟接起电话劈头就问。

“没，等机会呢。在大堂里打电话总比傻站着更符合逻辑吧？”我一手捂着话筒，一边往墙边走过去。这样看起来比较像是特意在办公室范围以外打私人电话。

“够不屈不挠的啊。”

“那是，再进不去我都不好意思出来了。”

“我这儿现在没看到有人往里走，你估计还得等一阵儿。”

“反正可以聊会儿天。”

“你想聊什么？”我没听错吧，他居然一句都没损我，反而答应得这么爽快？

“聊‘元芳’？”

“还在想你老师的事呢？别人不想公开的事儿你打听来干什么？又没人请你调查她。”

“那你想聊什么？”

“横竖你也是在等着，我就跟你说换了我会怎么进去吧。”

“你说。”

“你看到附近大大小小的餐厅了吗？找一家服务员不用穿制服的，去买个外卖来送进楼。”

“大堂保安不会先跟楼上核实过才放进去吗？”

“我是送外卖，得交到手上，不像送快递可以放下就走。他要不放我就让他打电话叫楼上订外卖的下来拿，我在这儿等着。”

“你怎么知道保安一定不会打电话上去叫人下来拿？”

“你要是保安，你乐意吗？就为了一个外卖不许送上楼，搞不好谁家公司的员工会跟物业投诉。”

“这倒是。哎，你刚才没告诉我那小区怎么进啊？”

“那个需要因时制宜、因人而异。你们女孩子的话，最好是睡衣拖鞋手里拿杯刚在便利店买的酸奶什么的，到门口就说你没带卡，你看保安放不放。”

“可人家没看到我从里面出去啊……”

“你这思路就不对了。站在保安同志的立场想想，明明有门禁，他会整天眼珠子都不转盯着那个门吗？这也需要时机对，别挑没人出入的时候。你就这么想吧——”

好像有个人从大楼隔壁座过来了。

“哎，先别想了，来人了我先进去了！”我照旧捂着电话从墙边往门禁走过去。经过保安身边时他看了我一眼，看到我手上的钱包和卡，便又把目光移向了别处。

时间刚刚好，来的那个人正好先一步刷卡进去。

玻璃闸打开只够一个人走过，刷卡时间跟得太近是会报错的。前面那人过去了。不管了，挨一下就挨一下吧！我一路从墙边装作着急状走过来，这会儿趁势继续着急，一手拿着电话另一手跟在前面的人身后立刻刷了一下卡。

“嘟——”读卡的屏幕上亮起红色小叉子。我的卡它当然识别不了，只是保安大叔没法儿确定我是不是因为隔太近没刷上。人类糊弄科技真不需要多高智商，不按它的规则玩儿它就歇菜了。

玻璃闸嘭的一声弹回来。哎哟妈呀，大腿被门弹了下，真有点儿疼……

接下来保安刷他的卡把我放进去了，还亲自送我进了电梯。

等我出来时，李惟双手抱胸站在车边，对着我直摇头。

“惊险吧？好玩儿吧？你说，是有什么毛病才会故意去给门撞一下？”

刚才电话拿在手里没挂断，他都听到了。

“但我成功进去了。”我自己打开门坐进车里，抱着包将门卡装回卡套里去。

“你就是电影看太多了，也不观察，也不思考，只照着想象去玩儿。”他也绕到驾驶位旁，打开门坐进来，“这还只是让你进个楼，就自己先撞一下；要是让你去盯人，你要不要先连车带人撞翻了，好跟对方坐同一辆救护车去医院？”

“你电话里说的我记得，可那时候我已经在大堂了。”我底气不足地辩解。

“很好，因为我决定以后不带你了。想知道什么来问我，自己不用试，做笔记就行。”

“别啊，自己不试根本体会不出来。再说今天才第一次，以后肯定有改善嘛。”

“还是不让你体验的好，谁知道你这脑子什么构造，做一件简单的事情思路都乱七八糟。你可能觉得反正过关了，没什么大不了。问题就在这里，我以为你想体验我的工作，而你当是在 COSPLAY（角色扮演）消遣排毒。”

看这情形我还是别插嘴，乖乖挨训的好。

谁知他也懒得训了，反而自我检讨起来：“算了，也怪我没事儿让你体什么验。送你回去吧。”

“不回了，晚上还要上课。”

“请假。”他瞥我一眼，果断地吩咐。

我倒是想问他为什么，就是没敢。

其实他这人平时很好相处，就是偶尔的“发飙一刻”气场太彪悍，显得连身高都平白地拔起来了一大截儿。刚开始还真有点儿怕，跟他相处了一段时间就知道这都是假象。他不着急时挤对人是爱好，他着急起来训人那是关心。

E 10 思密达脸

李惟一进我家就露出一副标准的思密达脸。

什么叫“思密达脸”？当某人某事或者某物体的出现刷新了你的认知底限时，你自然流露出的一种混合着震惊、鄙视、不解、茫然……的表情。该表情比较复杂，不好形容，但只要你看到它，就能认出它来。

当然，只有我管这叫“思密达脸”，就像谢耳朵管他自己的某种陶醉表情叫“考拉脸”一样：每当他在动物园看见考拉，就会呈现一脸迷瞪瞪的幸福微笑。

其实我很支持给表情取名字的行为，因为不同种单一的表情可以随着情绪变化自由搭配组合在一起，名字能让你在千万种有可能的复杂情绪组合中迅速找到最准确的理解。嗯，好像我又扯远了。

说回李惟在我不足 50 平方米的小开间里刷新对“单身女性”认知底限的次数。

第一次，我打开鞋柜，他看到了那两只棕毛大熊爪拖鞋。

第二次，我打开顶灯，他看到我书柜上一排富兰克林 1∶24 的古董车模型。

第三次，看到我那设置有点儿吊诡的闹钟。

他终于忍不住了，尽量以友善的方式问我："你不上课的时候都几点睡？"

我答："不要问一个女作家每天几点睡，这是很粗鲁很没礼貌的。"

"你到底……交过男朋友吗？"他把我的房间打量了一圈儿，得出这么个疑问。

"不要问一个女作家有没有男朋友，这是很粗鲁很没礼貌的。"

"好吧，那你——"

"不要问一个女作家写没写稿，这是很粗鲁很没礼貌的。"

"我说你有完没完？"

"完了。我不就是怕你问敏感问题吗？"

"意思是你的小说根本还没谱儿？你说不上来具体需要问我什么，连方向都没有，还跟我掰'龙文身'，你脑子里想的哪是什么故事情节，是墙上那天然美瞳大叔还差不多！"

他旁边的墙上就贴着一张美版《龙文身女孩》的电影海报，海报上丹尼尔·克雷格大叔神情冷峻地瞪着我们，表情好像在无声地说：不要觊觎我的美色了，地球人，你没希望的！

李惟说的都没错，我已经乱七八糟收集了不少想写的素材，却还在找新的，因为不知道该怎么开始。也只有一直不停地看书、上课、收集新的素材、关注一些无关紧要的事儿……我才能停下来不想自己已经不知道怎么开始写小说这件事。

甚至有很多次我都想跑去告诉嘉文：我原本很激动地想写新稿子，到现在还是很激动地想写新稿子，也许明年这个时候我还在很激动地准备着即将动笔的新稿子。要不我还是签了之前那份没签的协议，先把能凑合的作品出了吧。我也得交房租、吃饭、添喜欢的古董车模型啊。

自从有收入开始，每年生日我都送自己一个小模型，今年早就盯上了 1910 年的劳斯莱斯“热气球”。只是很长一段时间都过得一事无成，不知道用什么像样的理由来庆祝自己又虚度了一岁。

要是光想想能有用，估计我都成大师了。我不愿意想这些，更不愿意拿出来跟他讨论。于是我没回答就当默认，接着反问他：“你让我请假到底是什么事儿？你自己晚上不是有别的事儿吗？”

“我有事儿，是打算整理一份资料给你。看你最近一有空就跟着我跑，一边还在上课，为写个小说这么努力，我想多给你一点儿有用的回报。而且这段时间你陪着我工作，的确也帮了我不少忙。可是今天我发觉不是那么回事儿，你跟着我其实是为了好玩儿、新鲜、好奇。你怎么想是你的事儿，但我很清楚我的意图不是帮你打发时间混日子。”

我以前从没见他这么严肃地谈论过任何一件事，既没说笑也不是发飙，说得平静却每句话都有分量。

我小声问：“你本来想给我的资料是？”

“案例。”

“案例？！”我惊讶得不知道该说什么好。从我第一天认识他起，他就不向我透露案例的任何具体细节，防我打听跟防贼一样。我知道他有他的原则。

他原本竟然打算改变主意整理案例给我。

他明白我为什么惊讶：“不是你以为的那些。”

“那是哪些？”

“我在你这么大的时候做过的功课，一些有点儿年代但很有价值的旧案例。”

“你……多大？”我平时脱线惯了，认真讨论什么事总会让我很紧张，一紧张就各种出状况。

“我 1980 年的，你说我多大？”他被我又气笑了，“我说的是案例旧，不是我旧！”

“现在你知道我小说还没谱儿，还会让我看吗？”

“就看你有多想买你的古董车模型了。”

“你怎么知道我还想买模型？”

“你家就那一块儿最整洁，而且还没摆满。我猜应该是你自己的某种奖励机制，比如完成一本小说买一件做纪念之类的。”

他太神了。

既然他发现了，我也就坦白交代：“是每年生日买一件，不过意思也差不多。今年要是没有像样的工作，我也没脸买新的。”这个小爱好我没跟其他朋友提过。无论有谁来家里看见了问起，我都只说是模型玩具。我不想让别人对此评头论足。它们是我每一年生活的见证和纪念，不是什么装 X 利器。

作为一枚女 nerd（书呆子），我还是很怕同性朋友把我当成外星人的。

他冲我摆出一副“你知道就行”的表情：“所以你自己看着办。决定要买新模型了给我打电话，我去把资料给你翻出来。安安心心干活儿，别整天蹦跶有的没的。走了。”

“你这就要撤了？”

“不撤睡这儿啊？”他再度露出思密达脸，“今天晚上反正你也请假了，时间全留给你整理自己的资料。”

“你帮忙监督我行吗？管饭。”我实在是没信心克服拖延。收集资料这种事儿，刚开始的时候总想积累多一点儿再说；结果越积越多越积越多，就演变成“等待全部收集够了一起整理”；接着习惯性地再积更多……没勇气整理，就只好以不停地继续积来拖延整理。慢慢地连不太相关的也顺手积到了一起，到最后自己都不知道自己在积些什么。

“美得你。自己的事情自己做，小学老师没教过吗？真走了，有事儿。”

他出了门我才反应过来：有事儿？

——他去翻旧案例了。

李惟这种生物，有时怪有时萌，有时唠叨有时简洁，有时凶有时又很治愈，我也想知道他的大脑是什么构造。

E 11 邦德你好

周五一鼓作气整理到了半夜，周六居然还起得出奇地早。醒来还没爬起床就给李惟打电话，告诉他我以为这辈子都整理不完的大工程其实只花了七小时。

我们约好今天下课见，他带准备给我的资料来。直到挂上电话我还觉得不可思议：真的就这么简单？我真的把这几个月来边积边拖延的东西都解决了？躺在床上一抬头便看到书柜上排那儿还有空位的玩具收藏架。最左边是劳斯莱斯 1907 和 1908 款银灵，一辆墨绿一辆赭红，像一对长得略有不同的双胞胎。那是我 20 岁和 21 岁添加的收藏，也是我最喜欢的一对。假如今年生日真的能把 1910 “热气球” 收回来，那么明年还有 1914 银灵木头车模型可以期待，后年还可以有 1925 银色款……说不定未来哪年生日，我送给自己的会是 1964 年 007《金手指》里的阿斯顿马丁 DB5 模型。想想都觉得开心。

有时候，有的事儿真的就这么简单。

又经历了一个激动起来把洗面奶挤到牙刷上的早晨，我挂着两颗新鲜出炉的大熊猫眼去上课。

前台的小徐——就是那天接钟老师电话的软妹子——见到我，热情罕见地冲我打招呼："蕙葶！你身体舒服了没？"

噢对，昨天我请假的理由是来大姨妈。

"好了。谢谢啊。"我有点儿不适应。我们俩什么时候好到可以使用这么亲热的称呼了？不过还好吧，至少比她叫范老师"饭饭"强。

这个时候人来得还不多，我拎着包以及包里的饭团去茶水间吃。

贺雅言比我来得更早，头上挂着大耳机，一个人坐在茶水间里循序渐进地吃着烧卖。

——所谓"循序渐进"是指她用一把勺子挖着吃，避免糯米粒撒下来掉到身上。这还是我第一次见有人用勺子吃烧卖的。

"早。"我过去跟她坐一起。

她两只手都没空儿，干脆晃晃头把耳机抖下来垂在脖子上："早。对了，昨天看到你和你男朋友了，在我们小区楼下。我正准备出去跟你打招呼，结果买个养乐多转身你就不见了。"

"……你住那里啊？"我一口血没吐出来又憋了回去。她居然住在我昨天没能成功溜进去的小区里。

她误解了我这个表情的含义，顺口解释道："噢，租的。"

"我昨天看了一眼二期，把我论斤卖了也买不起一面墙。"既然她都看到我了，干脆选择性地坦白好了。

"就猜你们是去看房子的。"

"其实昨天那个不是我男朋友，我们就是顺路……"我想想又觉得聊这事儿太不科学，于是赶紧换话题，"呃，昨晚我没来，错过了什么资料啊笔记之类的吗？"

“那倒没有。倒是季然跟你一样也没来，就五个人上课。”

“五个其中还有一个是从不说话的。”

“去你的，我这不正在跟你说话吗？”

“哎，说真的，除了老师们和我，你还跟谁说过话？”

“季然啊。”她手上的烧卖已经吃完了，咬着勺子抬起头，像在看什么又像整个人在放空。这姑娘的表情太具有欺骗性了，情绪活动基本默认设置为不显示，乍看好像脸从来都不会动。

我表示她的答案没有说服力：“季然不算，季然是朵人见人爱的月季花。”

贺雅言稍微加大了弧度，冲门口抬抬下巴，示意我回头看。

原来她刚才不是在放空，是在跟季然打招呼。这就是面部表情不丰富的姑娘的坑爹之处，你以为她没表情，其实是你自己忘了带显微镜。

“呸，谁说我是一朵，我是一丛好吗？”季然也不介意，抱着杯子边泡茶包边加入我们的闲聊。

“你昨天怎么也没来？”我问。

“别提了，去接我妹了，她这几天住我这儿。”

他一个就够热闹的了，还有个妹妹，他们家不得每天过得跟脱口秀节目现场似的？

“你叫季然，你妹叫什么？”

“季幸。”他答得不情不愿，还没等我们开始反应就催促起来，“走了走了，上课去！”

…………

今天一天都是钟老师的课，上午作品分析，下午叙事学。

中午下课等电梯时，钟老师问我今天是不是收到了什么惊喜。

——不算惊喜，而是豁然开朗的愉悦。我疑惑过、消极过、期待过、拖延过，好像长久睡懒觉的人决定开始晨跑；磨磨蹭蹭数月逛遍了商场都没买好合适的运动鞋。花了这么长时间才鼓起勇气去做一件简单的事，听起来愚蠢得难以置信。可我仍然觉得开心。我曾以为我会永远停滞在准备阶段，但其实没谁能确定自己是否已经准备好，除非主动迎接下一步的来临。

或许这就是李惟前天晚上在地铁站里所说的、我将看到的变化？此时我的确应该庆幸：当初在搜索引擎跳出的590多万条搜索结果中，我最终敲开的是李惟的门。曾经我认为这是概率，别家可能更好，也可能更糟，谁都不知道；现在我终于明白，他就是那590多万种可能中最好的一个。

下午五点，课结束了。即使没穿那双“速度鞋”，我也闪得比谁都快，按照约定站在写字楼大堂里等李惟。

五点五分，他没来。

五点十分，还是没来。电话打过去不是无法接通就是正忙，不知道他是不是又上哪儿捉奸捉得忘了时间。

五点半，经过大堂的人陆续多了起来。冬季下班时间早，有下班离开的，有跟我一样在大堂等人的，有从外面进来送晚餐外卖的。我全程注视了至少两个送外卖的服务生，大堂保安果然一个都没拦，只需草草签名登记就二话不说放人上楼。李惟那些匪夷所思的经验还真是管用的。也许哪天可以请他计划若干条更脱线的情节，比如怎样成功拐带一辆超市手推车。当然，纯计划，纯研究，纯假设。我是一个写小说的、有节操的青年。

想到这里，我一个人控制不住地傻乐起来。

这时电话响了，屏幕上显示李惟来电。迟到半小时后终于来了消息，真不容易。

我接通电话张嘴就问："你到了吗？我都到半小时了。"

但电话那边传来的声音不是李惟：

"Hi，it's Daniel Craig（丹尼尔·克雷格）."

两秒前我接起电话时还没意识到——真正刷新我受惊底线的时刻到了。听出这个声音属于谁，对于我等真爱粉而言一点儿都不困难，困难的是得给点儿反应。

顿时有一千万只羊驼从我脑海中呼啸而过：心理素质君你给我振作一点儿，大脑瞬间惊喜得蓝屏了算是怎么回事儿？

电话十几秒就挂断了，到底说了什么我完全没有听明白，只是好像隐隐约约听到了我的名字"蕙葶"，只是读音没有声调，发音怪可爱的。

我正在艰难地重启大脑，一眼看见李惟出现在大楼入口的旋转门里，手上还抱着一个文件夹。

自从看话剧那天起，他的胡楂儿似乎就再也没在脸上出现过。

"还没回过神儿呢？"他走到我跟前，问。

我还心有余“震”，神情呆滞地给了他一个半问半感叹的反应：“原来你真的有丹叔的电话啊？！”我知道我现在的表情肯定二到了一定境界。

他眼里立马流露出无限鄙视的神情：“你淡定点儿，不就是听了段电话录音吗？”

“啊，录音？”

真是感谢党感谢国家，幸好我刚才反应慢，不然要是对着电话说话就更丢人了。

“你见过谁打电话的时候自己一直讲，不留时间给对方说话的？显然是给你录的留言啊。”

“你太神了，你是怎么……”他是怎么帮我录到这段留言的？

“朋友的朋友的记者朋友。”他笑了笑，递给我他手上的文件夹，“案例拿着。录音文件我回头发给你，你爱听多少遍就能听多少遍。”

六度分离理论把每一个人视作一个节点，两个相互认识的人之间则有一条连线。他通过三个互相关联的节点帮我录到了这一段十几秒钟的留言；而我从他手里收到留言，意味着他将我变成了这一串连线的第五个节点。谁能预想到社会学概念也可以这么浪漫？

“谢谢！”我接过文件夹，“我想跟你坦白一件事……”

“什么事儿？你暗恋我？”

“呃，其实刚才听第一遍的时候，我除了第一句话和我的名字那两个字以外什么都没听明白。”

“正好回家慢慢听嘛。我只是个传送门，双语字幕可没有。”

“我知道。我正在思考要怎么感谢你。”

“这是为了鼓励你好好工作，别没信心。再说了，我为人民服务不图回报，高尚不？”

“那——首长辛苦了！”

“走吧同志，跟首长吃饭去？”他语调上扬，说的应该是问句。真难得，在吃饭这件事上他还是第一次征求我的意见。

“那要看首长为什么约吃饭了。”

“替国家解救一名大龄未婚女青年，我舍己为人，我光荣。”

“你就这么确定我乐意被你解救啊？”

“那你说句不乐意来听听？”

“我才不提供点播服务呢，要说不乐意你自己说。”

“我乐意啊，我非常乐意解救你。”他还说得挺真诚。

“那什么，”我犹犹豫豫地问，“你是从什么时候开始准备刚才那个惊喜的？”

“你说电话录音？你猜。”他气定神闲。

“你猜我猜不猜？”

“我认为现在你的脑前叶皮层和大脑边缘系统正在发生争执，前叶皮层告诉你最多十天半个月，而边缘系统希望这是蓄谋已久的事件。因为你盼着我对你有企图已经盼了很久了。”

“……你闭嘴。”

…………

我们在

互相辨认中

老去

/

/

Season 2
倪茵

“除了空虚之外什么都没有。或许有这么一点儿火光，转瞬之间便熄灭了。”

——德尔菲娜·德·维冈《地下时光》

我叫倪茵　29岁

在别人看来，正是恋爱、生活、工作都应该开始靠谱儿的年纪。

谁给我翻译翻译，靠谱儿是什么？能吃吗？

都说30岁是成熟的分界线，此后的人生都是一边成熟一边变老。

我29岁了，勇气虽然有增无减，却开始做任何事都要考虑结果。即使要勇往直前穿越沙漠，也会在临行前一遍遍确认自己背包里的物品够不够。

犯傻依旧，只是不再冲动。

E 01 午夜的另一面

傅明又要回来了。

打越洋电话真是跟穿越时空一样，下午三点半从听筒里传来他在巴塞罗那早晨八点半对我说话的声音。两年多没联系，他的声音和说话方式倒是一点儿也没变，他体贴地提早几天打电话来询问我到时候安排休年假方不方便。

“方便，我辞职都快两个月了。”我左手握着电话，右手心不在焉地按着手里那支圆珠笔。

刚好是休息时间，我站在教室外的走廊里。背靠着墙的姿势挺傻，但不知道怎么的，见着能靠的物体总会不自觉地靠上去。这就是懒。要不是因为懒，我的生活也成不了今天这样。

“你辞职了？”他的语气听起来很吃惊。

“是啊。有问题吗？”

“只是有点儿惊讶。不过，你没搬家吧？”

“没有。怎么了？”

“噢，我订的酒店离你家很近，要是你搬了我就再重新订一家离你近的。”

他一点儿都没变，不管隔了多久，每次约会都尽量为我考虑周全。

前几年我还曾为这种周全感动，现在看来这不过是他为了假期过得更愉快而做的功课。这就跟外出旅行多带几条内裤备用一样，没什么本质区别。

这四年间他总共回来四次，我们男未婚女未嫁，就这么从当年的小情侣手拉手逛街一直演变成大龄单身男女，出了酒店门就各走各路。每次离别时，总是他去他的机场，我回我的窝。出租车门一关上，我们就不用再关注对方的行踪，很有默契地摆足老死不相往来的姿态，一直到他下一次回来。

当年分手后，我们严格地说连朋友都不是。

电话一如往常简洁，有事儿说事儿没事儿再见，更像安排出差多过像老朋友相约见面。当年抱着个电话不撒手、跟他从傍晚一直聊到凌晨的劲头，现在想想都觉得不可思议。倒不是文艺青年们常常感叹的“年龄越大越沉默”之类，而是基于一个简单朴素的认识——说那么多话不费脑子吗？

接完电话溜达到茶水间泡个茶包再回到教室，休息时间也差不多结束了。说是“教室”，其实位于一幢写字楼里，环境一点儿都不学术，有点儿类似沙龙或者研习班的意思。辞职一个多月之后我心血来潮跟着好友报了这个编剧课程，本意是打发时间省得宅出毛病来，没想到乐趣远远超过预期。

此时教室里大屏幕还亮着，画面定格在刚刚播完的《神秘博士》第四季第九集：《死亡森林》，2009 年雨果奖最佳短戏剧获奖作品。投影屏幕上博士正凝视着面前缓缓开门的时间机器TARDIS①。他琥珀色的眼睛里有隐约的惊喜，有略带惆怅的笑意，还有一丝不易觉察的水雾。

那是上午作品分析课的内容。上课看了一次，中午我们几个趁着午休又连着第八集一起看了一次。前不久在聊天时谈起喜欢看的电影，钟子筠老师说我有时间情结。

我并不完全理解什么是时间情结。但随着年龄渐长，我的确越来越感受到时间对情感和记忆做出的细微改变。

定格的画面渐渐淡下去，屏幕关闭。

钟老师打开了教室的顶灯，点头示意我们准备上课。

这门课氛围很自在，沙发随意摆着，学生是坐是站都无所谓，讲课过程中欢迎插嘴。但此时没有人出声。房间里很安静，只有坐在我斜前方的聂蕙葶手边那支老式录音笔发出不易觉察的微弱的电流声。

聂蕙葶是个不胖不瘦的白净姑娘，头发总像舞蹈演员一样一丝不乱地梳到脑后，上课就开始录音，下课也不太跟我们聊天。听说她刚大学毕业没多久，原本就是学戏剧文学的，整个小班七个人只有她每周末带录音笔来上课。

我右边的位置坐着季然。他是我Gay密，当初就是他拉我一起来学这个的。

季然家爹妈显然在给孩子取名这件事上很有娱乐精神：他还有个亲

① 英国科幻剧《神秘博士》中的时间机器和宇宙飞船，是时间和空间的相对维度(Time And Relative Dimension(s) In Space)的缩写。

妹叫季幸。我们曾一度怀疑，二老将来是不是得让季然的孩子叫季者、季节或者季快递。大概是害怕这种状况出现，季然同学直接从取向上掐灭了有孩子的可能性。

到点上课了，我们全都站了起来，准备开始例行游戏。

每节叙事学课都有这个固定游戏：五分钟头脑风暴。有点儿类似快速命题作文，老师随意抽一个标题，所有人凭第一感觉用一句话说出自己会写一个怎样的故事；题材不限制，内容不限制，唯一的规则是一个接一个不许停顿。我们都喜欢这个游戏，它简单粗暴无所顾忌，没有高雅或低俗之分，只需要凭直觉和冲动完成。

直觉和冲动是生而为人的本能，更是我们日复一日努力克制并日渐丢失的东西。玩这种游戏第一次还会有点儿不知所措，玩下去就越发觉得过瘾。

钟老师从茶几上拿起那盒厚厚的题卡随手抽了一张："午夜的另一面"。

从最近的开始往下轮。每次找位置坐得离老师最近的一定是聂蕙葶。

"我的是人物传记。不是名人传记，而是《斯图尔特：倒带人生》那种类型的普通人传记。写一个夜间出租车司机的生活，通过他遇见的人和事看到我们生活的城市的另一面。"这倒是符合她一本正经的学院派作风。

"魔幻题材吧……一座很奇异的大楼，白天那里面的人都是正常的上班族，到了午夜他们会变成各种动物的样子，整座大楼里恢复最原始的像动物园那样的弱肉强食的生物链。

"我写爱情故事，两个人生活在昼夜颠倒的时区，其中一个人突发奇想要试试按对方的时间表生活，所以开始了与自己身边所有人相反的作息，将夜晚当作白天。”

…………

到我了。

一定是刚才傅明来电话闹的，我脑袋里一片空白。

假如接不上，游戏犯规要被罚多说两条。更重要的是，谁也不愿意在这么减压的时刻卡壳儿破坏气氛。于是我不经大脑地脱口而出：“我的也是关于时差，但不算爱情故事。说的是一对男女分手多年，现在也生活在彼此昼夜颠倒的时区。每隔几年男人回国的时候他们都会见面，每次见面都是在酒店过夜。他们自己都弄不清楚这种关系该怎么定义，不是恋人也不像朋友，虽然平时不联络也互不挂念，但却不愿意结束彼此的关系……嗯，就这样。”

我气都没喘地快速说完，下一个人立即接上，开始讲起了欧洲小镇的吸血鬼故事构想。

没有人深究谁说了什么，每个人都因为自己可以无所顾忌地想到就说而快乐。这五分钟纯粹的自由本不应该浪费在关注别人身上。

真轻松。

后来，季然毫不客气地表示：“咳，你们这就叫好朋友一‘被’子。”

他说这话时正是傅明回来前两天，我们并排坐在咖啡厅幽暗的光线里，卡座的皮沙发硬得像冻肉，长岛冰茶喝起来像风油精。

这天是他准备开始新恋情的大日子。这一年多他约会是不少，却始终没找到愿意确定关系的一个。最近有个据说不错的小男孩儿一直追他，他思前想后打算不拖了今天就从了。于是他约了对方出来，还约我陪他见证这一历史性的时刻。刚坐下时，他杏眼一眨，把胳膊压在我肩膀上："要知道哥可不是随随便便的人！"结果那小男孩儿见久追无果已经光速另觅目标了，干脆地放了他鸽子。

"喂，怎么你们男人也这么善变啊？昨天还给你送爱心外卖呢，今天说跑就跑了。"我咬着吸管问。

"男人怎么了，恋爱这事儿还分公母啊？"他心情极其不佳，瞪我一眼。

干掉两杯风油精，他开始喋喋不休地批判我和傅明的关系。

有些人喝多了会变成话痨，而季然正相反——喝多了一言不发，微微有点儿酒意时反而聒噪起来。就像他自己说的：酒壮尿人胆。更何况我正撞上了他被人放鸽子的现场，让他不拿我泄愤简直比让今晚这两杯风油精免单还难。

跟季然形影不离的这些年，我见过他数次恋爱又失恋，他见过傅明数次回来又离开。这么多年过去，工作像香水一样换了又换，只是越来越贵；身边的人像手袋一样来了又走，都住在衣柜的同一格里；连地铁线都新开了好几条……我嗯嗯啊啊心不在焉地应付着他的絮叨，眼睛盯着面前那盏蜻蜓图案的彩色玻璃灯罩，橘色的光晕投影在深棕色绒桌布上，像一幅失败的油画。

"我说，你怎么知道他在国外没女人？西班牙姑娘一个个多火辣啊，他真能是单身？"季然的胳膊又搭了过来。

音乐声有点儿大，吵得我头晕起来。

我顺势把头枕在他肩膀上："你少废话，他有没有女人关我什么事儿？"

“问题是你这不是在傻等人家回来吗？”

“呸，等他？”我伸手拿小叉子从水果盘叉起一片杨桃放进嘴里，“等他回来跟我演《廊桥遗梦》啊？”

“廊桥梦遗还差不多。”他鄙视地瞥了瞥我，抬手按铃叫服务生埋单，“这破地儿吵死了，咱们换个地方再喝点儿吧？”

我跟着他站起来，台灯罩上的蜻蜓盯着我们，一对复眼网住了它体内的橘色光芒。

那天玩儿到半夜，我头重脚轻地把季然扛上出租车塞回家，自己再也爬不动了，不省人事地倒在他家沙发上睡了过去。

我们合租过很长一段时间，去年——也就是傅明上次回来前不久——各自买了间户型大同小异的30平方米小公寓，做了邻居。这些年来身边的朋友一个接一个地婚了，还有婚了离了又婚了的，只有我们两人还坚守着朋友圈中的大龄未婚阵营。

我们都已经不那么年轻了。既然已经经历了不少人和事，浪费了不少时间，不怕再拖下去直到遇见对的人为止。过去的一切都已模糊不可辨认，对爱情依然存有幻想，连我们自己都不知道这算是纯情还是荒诞。

E 02 为黛西小姐开车

次日清晨，一睁开眼就被季然的那张脸吓得睡意全无——他站在健康秤上，敷着面膜的脸正冲着我这边。

“女鬼啊你！”我习惯性地扯过被子蒙住头，这才反应过来躺的地方是沙发。不过，身上还真有一张薄薄的空调被。不用说，肯定是他早起给我盖上的。

我坐起身来在书桌上找手机看时间，手机屏幕一闪一闪，上边显示有两个未接来电。

“我电话响过？”

“响倒是没响过，只是快把我桌子振穿了。”他从健康秤上下来，胡乱踩着拖鞋一边往身上套牛仔裤一边说，“没它我还起不来呢。”

“那你怎么不帮我接电话？”

“姐姐，您先看看是谁来的电话，我敢吗我？”果然，电话号码是傅明的。

见我不出声，正在左右扭动臀部扣扣子的他接下去噼里啪啦说了一串：“我要帮你接了，你就跳进地中海也洗不清了。这大清早一个男人帮你接电话，说你还在睡觉，鬼才信咱俩是姐妹！”

他的避忌忽然让我恼火起来，傅明又不是我的什么人，凭什么我身边不能有男性存在？

“我妈来电话你都能接了聊个10分钟的，他的电话你就不敢？要是再来你就接，看他有半个屁放吗？”

我刚回完嘴，手机忽然嗡嗡地又振动起来，就连世界末日预言都不带这么准的。

季然跟我面面相觑，手机不知疲倦地振个不停。

他用两只手指拈起手机像丢炸弹一样丢到我怀里，拎起包做了个“去上班了”的嘴形，飞速换鞋开门逃离了现场。

手机还没停止振动。

我按下接听键，电话那一端传来傅明的声音：“起床了？”

“是啊，被你吵醒了。”我单手伸个懒腰，重新躺倒在沙发上。

“对不起，都忘了你不用早起上班了。”他声音里略带笑意，礼貌地道歉。

“怎么，你们银行忙得半夜都不休息，让你好有空来叫我起床？”

“我只是想打来告诉你，要送你的酒托运不太方便，所以快递到你家了。”

“谢谢。”想到有一箱子玫瑰红葡萄酒从巴塞罗那飞来，心情稍有一点儿好转。

“不过按快递的速度，我走了酒都未必到得了你家。”他似乎精神不错，大半夜来电话还打算跟我多聊一会儿。

我适时地打了个哈欠。

他这才意犹未尽地道别：“那我不打扰你休息了，明晚见！”

“嗯，明晚见。”我挂断电话。

此时此刻，拦腰掐断他的电话让我特别兴奋，仿佛在这长达九年的持久战中我终于赢了他一回。

我们已经认识了九年，交往两年半，不清不楚两年半，分开后又四年。

每一次他回来都那么胸有成竹，似乎知道我恰好还单身，可以跟他共度一个短暂假期；似乎知道我不会问东问西打听他的生活，知道可以适时离开彼此不再联系。我就像是他的一个旅行箱，需要出行时为他承载行李，平常就静静地躺在储物柜里。

这么多年来，我并不是愿意等他、配合他的步伐，而是没有任何拒绝的理由：我还单身，并且没有交往对象，或者说连我自己都不愿意承认——还一直对他念念不忘。

他呢？去了西班牙四年，除了跟我一样还没结婚之外，我已经对他一无所知。

手机忽地又一振，是季然来的短信：“烤箱里有面包，我没关电源，吃完早餐帮我收拾一下屋子，谢谢姐！”后边还打了个红唇的图案。每次指使我干活儿就这么嘴甜。

窗外一阵汽车喇叭声，我又打了个哈欠。

隔天傍晚，傅明到了。

他住的酒店跟我家只隔了一条街，穿过人行天桥过马路时看到下边正在堵车，整条街被塞得满满当当，颜色各异的车顶反射出能把人闪晕过去的日光。

酒店的玻璃旋转门将喧嚣隔在了外边，地毯在同一时间吞噬了我的高跟鞋声。傅明坐在酒店餐厅等我，他回过头来，一年的时光仿佛烟雾一般消失了踪影。

他一点儿都没变，声音、样貌、体态、神情都跟从前一模一样。

房间在 19 层。电梯里我们沉默地看着金属壁上映出彼此的影像，这一幕重复过太多次，就像录影机的倒带按钮，又一次播出这些年来我们之间唯一的开场画面。

他早已关掉房间的顶灯，只有柔和的壁灯散发出淡黄色光晕。旅行箱立在墙边，衣柜里已经挂上了他的衣物。

他先进了洗手间洗澡。

水声依稀可辨，我在桌上看见一盒巧克力，装卡片的信封上写着“Nina”。这四个字母圆圆的，有点儿往左倾斜，是他的字。今年已是我们认识第九年，保不准他早忘了我中文大名怎么写了。

他每次回来带的小礼物都少不了卡片，弄得跟演肥皂剧似的。追肥皂剧至少一周有一集，而他的剧情一年半载给我演一集。

或者说女人从来就是这么简单，无论过多久，心智都不会进化一点点，哪怕明明知道这不过就像是订机票时附加的保险，不需要多付出什么，只求个愉快和心安。

我走到床边掀开枕头，一盒没拆封的三只装安全套果然摆在最方便的地方。

“嘿，”傅明裹着浴袍出来了，身上有股岩兰草味道，“试试看里面那罐浴盐，千万别说不好闻，因为我给你带了罐新的。”

看他做出一副出差回家的丈夫的姿态，我忍不住把手上那盒安全套举起来："噢，那这个如果好用的话，你有没有给我带一盒新的？"

再隔天他走了。这一趟大概本就是回来看父母，顺道见见我，在他的概念里很可能跟约熟人游个泳打场球性质差不多。

做什么运动不都是锻炼？搞不好他就是这么想的。

离开酒店时再次经过那座人行天桥，脚底下畅通的车流让我有种恍如隔世的错觉。手上除了手袋以外，还有个沉甸甸的纸袋，里面装着巧克力、浴盐、一个当地的手工玩偶以及一盒崭新的安全套——傅明果然在楼下 7-11 又买了一盒放进我包里，要不是他在酒店大堂里众目睽睽之下将纸袋交给我，我真想将巧克力一颗一颗掰开扔在他脸上。

回到家，我东西都没放下就按响了季然的门铃。

他慌慌张张将门开了一条缝儿，身体躲在门后只伸出头，问："怎么了？"

"你怎么了？在家裸奔呢？"

"别提了，你先回去吧，我忙着呢。回头来找你。"他背后卧室里飘出音乐声，音量不低。似乎正开着电脑音箱放背景音乐热身。原来这家伙也没闲着。看样子他这会儿是真对找个固定交往对象不抱希望了。

"看来我来得正好。"我从纸袋里摸出那盒安全套塞给他，"运动注意安全。"

"姐们儿你没受什么刺激吧？"他狐疑地接过小盒子，趴在门缝儿边问。

“没，还有这个，也是送你的。运动完了记得洗白白。”我把浴盐罐也塞给他，转身去隔壁找钥匙开门。

身后，季然的房门轻轻地关上了。

进了屋，我随手把纸袋搁在了鞋柜顶上。

空了一半的纸袋正以不对称的姿势半躺在鞋柜顶，里面装着卡片的信封斜斜地钻出一角，刚好露出了字母“N”。不用拆开就知道里面的卡片没写字，他每回就是挑一张尺寸合适的风景小卡片给我当书签用。

我坐在穿鞋凳上，犹豫着要不要期待：或许这次他在卡片里写了点儿什么呢?

九年前，认识傅明就是从他写的字条开始的。

那天傍晚我坐在图书馆等室友下选修课一起去吃饭，无聊起来翻开杂志做填字游戏玩儿。纵横交错的格子没用多久就填得差不多了，剩下唯一的一竖条：七个字，提示是“摩根·弗里曼主演的一部电影”，第四个空格已经被横向的字谜答案填上了“小”字。正盯着格子翻来覆去地瞎猜时，旁边座位上有人推过来一张草稿纸。

草稿纸上写着七个字——为黛西小姐开车。那字圆圆的，稍微有点儿朝左边倾斜。

侧过头顺着那张纸看过去，只见一只指头圆润的手垫在书本上转着笔，压在手底下的是本《西方经济学》教材；再抬头往上看，一个穿条纹短袖的男生正满脸无辜地回应我的打量。那就是我第一次见到傅明的场景。

他拿起手上的笔点了点我面前填字游戏的空格，再点了点草稿纸上的答案。《为黛西小姐开车》？字数对，“小”字的位置也没错，这答案看起来好像挺正确的。四周都在安安静静埋头学习，没人说话，于是我在草稿纸上那一行答案后面写了个“谢谢”。

他接过纸去又哗哗写了起来，等纸再滑到我面前时，上面的信息量就略大了：“这片子挺好看的，要不我借 DVD 给你吧？”

年纪小的时候我脸皮就挺厚，被人搭讪当然得先好好看清楚对方到底长什么样再决定是要迅速逃窜还是装作羞涩一下。而当我顶着 200 度的近视眼镜再次扭过头去，他淡定得跟没觉察一样，埋头继续转他手上的笔，目不斜视地瞪着桌前摊开的笔记本。后来我们交往了他才坦白——他那时候被我盯得相当不自在，满脑子有节奏地滚动着一句话：“姑娘你到底看够没？哥保持这个挺拔的姿势很累啊！”

那一次我们并排坐着聊满了整整五张 A4 那么大的草稿纸。

直到后来我们分开，我都还没看过那部他说要借我看的《为黛西小姐开车》。

那时候总以为他想留待合适的时机，比如在我快忘了的时候拿来制造小惊喜。很多年之后我才明白过来，男人比女人以为的要单纯多了，那些他们承诺过却没有做的小事，仅仅只是因为忘了而已。对傅明来说，搭讪成功得那么容易，根本无须记得过程。忘记也好忽略也罢，他脑海中那一页翻过去了就是翻过去了。

比起对旧爱念念不忘、细枝末节都记得清清楚楚的男人，傅明这种善忘型更让我觉得安全。试想，假如一个男人始终忘不了关于你的一切，那他最好这辈子就只爱过你一个人。否则，你敢不敢猜猜他能否忘记在你之前和之后的每一位恋人？不被惦记感觉很糟糕，惦记你的人同时也惦记着别人，感觉更糟糕。对方善忘，顶多是我记得你而你把我忘了；对方记性太好则悲剧得多，你想着的除了我之外还可以有她她她甚至他。

但，我们从来都不是别无选择——除了“糟糕”和“更糟糕”之外，我们本可以有更快乐的选择。于是，这关于善忘的种种“安全”不过也是自我安慰罢了。既然已经过去了，便只能找理由说服自己，曾经爱过的人并非不值得。

无论遗憾还是圆满，时间总会过去。得失都已成定局，我们唯一所求的无非是一个“值得”。

冷硬的穿鞋凳坐久了感到一丝腿麻，我终于还是在抬脚换拖鞋之前拆开了那个装着卡片的信封。

一张风景小卡片，图片上是瓦伦西亚街景。

卡片背面比我的脸还干净，跟以往一样。

——将自己喜欢的水果放进篮子里，但不要把它变成篮子里唯一的水果。

我忽然想不起来在哪里听到过这句话。其实人与人之间的关系也是那样的篮子，虽然篮子一直都在，但定义它的永远是里面装的东西。无数个可能装在篮子里，你扔掉一项就少一项，你放进去一项就多一项。按理说，我们的篮子里应该什么都不剩了才对。可是我一直没将当初放进去的那颗水果拿出来，虽然它早已经不是当初他挑的那一颗。

原地坐了许久才想起今天又是星期五，晚上还有两节情景写作课。

E 03 第三人称外视角

情景写作课老师范蕾是个看年龄表面证据不足的萝莉。据她自己说有 32 岁，看上去差不多也就 23 岁，属于即使穿得再成熟也不像少妇的那一类。有个传得很广的段子：某次她写的话剧首演，观众席上坐在她旁边的一大叔自来熟地跟她嘀咕了整整一个半小时，演到哪儿解说到哪儿，大有现场做评论音轨的架势，显然是在向陌生小姑娘显示自己成熟博学，每一个细节都能分析半天。她无比淡定地听着，偶尔随口嗯两声，一直到谢幕了她被人拉上台，台下大叔面子上挂不住立马遁了。

每当这个笑话被一轮一轮转述，大家笑到欢乐处，范老师总幽幽地插嘴："快把你们的节操都从地上捡起来，歧视别人中年危机是不对的。"

我们第一天上她的课之前，就被行政的姑娘们科普了这个段子，当时季然笑得差点儿捶墙。我好奇问他难道其中还有隐藏笑点我没挖出来？他回答我："大叔勾搭小姑娘算是中年危机，那勾搭小男孩儿是不是得叫中年微基？"

今晚这货迟到了。

他来时教室里正热闹，我们围坐在一起看图片做人物侧写。

情景写作课上的人物侧写其实跟心理学关系不大，只是相当于给人物设定合理的身份和互相关联。它的乐趣在于没有固定答案，一张照片有无数种可能。

我们刚才讨论得出了今晚的故事主线：拆散一对看似和谐的小情侣。

本来这是张挺和谐的情侣照片。聂蕙葶指出的一个奇怪之处成了讨论的转折点：这对情侣的双手都在画面中，说明拍照的是第三人，这个情景并不是二人世界；再细看照片里的男人，目光似乎并没看镜头，表情也不太自然，有点儿貌合神离的意思。接下来大家都 high（兴奋）了，纷纷盯着照片的边边角角找细节。

有说女孩儿不知道其实男朋友有第三者的，有说男人发现了女朋友某些秘密的……

“你们这群小屁孩儿功力不行啊，”范老师看我们故事主线基本靠蒙，细节也集体胡猜，忍不住出手指点，“你们看看整幅图感知角度——第三人称外视角，也就是摄影师的视角。画面里的一切要用他的立场去代入。背景选得有点儿乱、照片男主角目光没看镜头，却唯独把这个女孩儿拍得很漂亮，光线好，角度好，表情也好。说明摄影师唯一关注的就是这女孩儿。内部矛盾虽好，三角纠葛更够料啊同学们！”

季然悄无声息地推开门飞速溜进来坐下，猫着腰潜入空着的座位，企图将自己中途进场的响动降到最小。那股岩兰草浴盐的味道飘到我身边——他还真今天就用了。把浴盐送给他真不是个好主意。本是想着送出去了眼不见心不烦，可我早该料到：像他这么体贴懂礼貌的孩子，姐妹送的小礼物他必然会立刻用上以示喜欢。

偏过头，看到季然的嘴形无声地动着。他是想说“塞车了”还是“来迟了”？我不确定，也不太在乎。他身上带着那股隐约而湿润的岩兰草浴盐香味。

教室里闹腾得很，我一走神儿，耳边谁在说什么都有点儿模模糊糊的。

今天中午离开酒店时，傅明刚洗过澡，头发湿湿的，身上就是这股浴盐味道。他吹干短发，穿上外套，提起行李箱，替我拉开门。当时我曾想过要说点儿什么，却并不确定——他半干的短发在我颈边留下的触感，我真希望那可以是我们之间最后一次拥抱。

这么多年来我从不去想，每次这样的短暂会面结束后，那辆出租车将他带到的第一个目的地会是哪里；他那时都在想些什么，他会做些什么？大概就跟此刻的季然一样，结束了一次不算恋爱的约会后匆忙赶回平日的生活轨迹，见到家人或好友后第一句话大约也是抱怨交通状况。他们不会说起更不会记起刚才和谁在一起，或者更多的是刻意不去提。他们在离开时关上身后的门，那扇门里发生的情节就留在门里，不会跟出门外，不会尾随身后，不会入侵他们的生活。

那扇门关上了，直到下次再打开之前。或者再也不打开。

“哎，你说是吧？”这突如其来的一声吓了我一跳。

回过神，发现跟我说话的是季然。

“啊？”我茫然地抬起头，完全搞不清楚他问了我什么。

“我刚说：摄影师不一定是对那个女孩儿有特殊的感情，他可能特别讨厌照片里的男人。我要是讨厌一个货，给人拍合照一定会抢大家都正常、就他表情最丑怪的时候。你说是不是？”他才刚来就一头杀进了侧写大混战，在没有新证据的情况下还敢独树一帜提出新选项，真是勇士。

我无限支持地看他一眼：“我看行。”

“什么呀，我是问你觉得我这解释合不合理？”他对这个牛头不对马嘴的回答表示很不高兴。

我刚才走神都走到太平洋了。

“噢，我再看看，”我仔细端详那张图片，结果恐怕也不得不给季然泼冷水，“不像。如果摄影师讨厌这男人，他没必要刻意把女人拍得那么好看。我还是觉得这男人之所以拍出来显得奇怪纯属失误，摄影师根本没留意他。他就是个被忽略的。”

说完才发现身边不知不觉全没声了，所有人都停下来听我的看法。看来我是关键一票？

范老师则摊了摊手：“好了，最后一票也投完了。接受现实吧季然，一票支持都没有。”

季然双手交叠在胸前，表情无辜地抿着嘴。

刚才走神儿没留意，这会儿我清楚地看到他左边耳后有一个形状不规则的深红色小印迹。这家伙，出门前不检查就罢了，进屋还敢把围巾取下来。我抬起胳膊肘碰碰他，然后双手拉起自己领间的围巾动了动。

他伸过手来哗啦一拨，把我脖子后的头发拨到了围巾外面。他以为我是在让他帮我整理头发。

我摇摇头，朝他使个眼色，再抖抖围巾。

如此重复两次他果然有点儿明白了，面不改色目不斜视地伸出右手抓过围巾，淡定地挂在自己脖子上。

他系上围巾后递来一个惊恐的眼神，我回了他一个速度和质量兼顾的白眼儿。

下课后回去的路上，季然忽然告诉我，他从明天起要修身养性，做一枚冰清玉洁的好直男。这话从一个几小时前刚刚滚过床单的人嘴里说出来，实在有点儿瘆人。

我抬手去探他额头，看看烧到了什么程度。

“你别瞎激动，”他从额头边抓住我的手挪开，习惯而自然地揣进他大衣兜里，“过几天我妹要来，我得提前调整好状态，在我妹面前决不能露出破绽。”

闹了半天他只是要拿出影帝的水准，演好一枚直男。

“你妹发现不了，只要你以后少种点儿草莓。”我嘲笑他脖子上的小红印。

“你以为！”他如临大敌地正色道，“你们女人都有直觉的好吗？她要跟我在同一个屋檐下住，每天都有无数机会发现疑点：我的衣柜、电脑、洗手间……”

“你洗手间里有什么不该有的东西？”

“你应该问我缺了什么该有的东西，”他叹气，“一件女人东西都没有。你觉得一个像我这么注重外表的 29 岁男人，一直没有女朋友正常吗？”

我一听他这么说乐得不行：“哎哟您别谦虚了，这哪叫注重外表？叫花枝招展好不好！”

他大衣口袋里挺暖和，没几分钟手就微微出了汗。我松开手，改挽着他的胳膊。他见状从包里翻出自己的手套递给我。

“不用，手热。”

“戴着吧，不然一会儿吹冷了又来冰我。”他不由分说硬给我套手上了。

在路人看来我们两人或许就像一对交往多年的情侣，甚至连我妈都曾一度这么认为。季然人长得好看又嘴甜，去年我妈来的那段时间别提被他哄得多开心了。他也乐得每天一下班就来我这儿蹭饭，把我妈的厨艺、家政、园艺等所有技能都夸得天上有地下无。我费了不少工夫才让母亲大人满怀惋惜地接受了他只是我好友兼邻居的事实。

我妈一直不大喜欢傅明。我们刚交往那会儿她就提醒过我：这男人耳朵高于眉毛，天生聪明相，情商又高，以后要是对我一心一意还好，否则我吃了亏都不知道是怎么回事儿。

总之一句话，我玩儿不过他。

事实证明母亲大人是英明的。毕业后我们俩就分手了，他还一直跟我保持联系，偶尔见见面，要说不暧昧是假的。当年我也很傻很天真，总觉得别人都比不上他，实在没出息得很。本以为照这样发展下去我们还会在一起，结果没多久他告诉我他要走了，还坦白外派这事是他自己跟银行争取的。现在想来，他头脑一直清醒得很：大好机会哪能让私事儿拖累，这个地球上最不缺的就是女人，他不傻不穷不难看，丢了一个还有后来人。

季然跟我是由办公室革命友情发展成的亲姐妹，他听说了傅明的事迹后，言简意赅地蹦出一个字：“渣！”

此时此刻，他正在一旁不厌其烦地叨叨这几天要如何进行家居改造，消除一切可疑的细节。

“少啰唆了，你让季幸睡我那儿吧。”我听得有点儿头昏。

“就知道姐最好了，”他歪过头做娇羞状靠在我肩膀上，“可是我还是得好好收拾。咱俩住隔壁，她不可能不过来。”

我一掌推开他的头：“你以为我干吗让她来我家住？就算是亲妹，跟你一单身‘直男’住一间房也不太方便。她肯定会经常出入你家，你该收拾还得收拾，该改造还得改造！”

“什么单身？你不是我女朋友吗？”他故作惊愕地看向我。

“……还有什么注意事项你一次说完，谢谢。”

“我妹来了以后会开始找房子，应该不在你那儿住太久。咱们保持一段时间就成。”

“我说，其实你妹知道了会怎么样呢？我不觉得她接受不了。”

“没必要让她跟我一起瞒着爸妈，那样她也不好受。”

眼看聊天氛围有往伤感发展的趋势，我便挤对他：“你好受，就你受。”

“你个邪恶的货，滚！”他摆足了要怒斥的架势，结果还是没绷住笑。

E 04 泰迪熊

一周过去，季幸周五晚上到了。

这天季然下了班就去车站接人，晚上没有来上课。同样没来上课的还有聂蕙葶，这倒是新鲜事——她也会缺课。虽然觉得她平时一副科班出身的样子挺烦人的，但没她在，讨论环节的确缺了点儿乐趣。刚开始是真不适应身边坐着这么个刻苦积极的励志妹，也没少跟季然吐槽她。季然说，你以为她装得很，其实她只是有点儿书呆子而已。而且还没受过职场的熏陶，她脑筋单纯点儿完全可以理解。

这就是季然。常常嘴上不饶人，实际上却从未对谁真正抱有过敌意或偏见。

他愿意只在人前显露出刻薄的一面，就像一只戴着钢盔的兔子。这是他生存的方式，他说世界那么乱，谁善良谁完蛋。他和我，和太多其他人都一样：活了 29 年，做过很多对的或错的事，爱过几个对的或错的人，听过很多或美好或荒诞的誓言，一直想要却从未拥有的不过是一个简单质朴的答案，一个从没有人给我们的答案——寻常的感情生活，寻常的亲密感和信任感。

季然今晚人是没来，短信却没闲着。一会儿告诉我季幸的箱子大得天怒人怨，一会儿汇报已经在某地找到位子吃饭，一会儿抱怨在寒风中排队等出租，甚至还有一条是转述司机师傅说的笑话。

我满头黑线地回复他："你这算是陪着手机呢还是陪着你妹？"

他简洁而迅速地又回了过来："让她看看咱俩多甜蜜。"

伪装得还挺周详。

回到家敲开季然的门我顿时傻眼：这地方我绝对没来过，除了家具有点儿眼熟。窗帘换了床单换了沙发罩换了就连桌布都换了，全是相当没特征的灰蓝条、黑白条、格子。唯独茶几上的盆栽还在，风信子在暖气充足的房间里已经打起花苞，顶端露出一丝温暖明亮的香槟色。以前我常说我们俩的家应该换过来，我家比他家看着都爷们儿得多。现在好了，世界平衡了。

屋里香得很，季然在烤焦糖苹果蛋糕。

这蛋糕我看他做过，从烤箱里拿出来翻转一面，琥珀色的糖浆和苹果贴在蛋糕上别提多馋人了。大半夜的吃这个，他真是豁出去了。

季幸长得虽不算很漂亮，但她哥外形上的优点她都有：眉眼清秀，下巴尖尖。她的箱子靠墙立着，的确大得有点儿逆天，我怀疑她蜷成一团躺进去都没问题。

季然指指墙角一个板条箱子："你的快递。今天我回来的时候它就在物业了。"

想必是傅明之前快递回来的酒。距离跟他见面已经有一周。他走了酒才到，这时间差让人有种说不出的复杂感觉。

“噢，是酒。开了吧，今晚就可以喝。”

“我知道，不然我干吗烤蛋糕啊？”季然眨眨眼，拿起剪刀弯下身去拆上面的封条。

烤箱“叮”的一声，灯灭了。

我们三人坐在沙发上吃着蛋糕喝着红酒看《泰迪熊》，被这只小贱熊逗得平均两分钟一次大笑捶桌。季幸最后干脆直不起身了，蹭在他哥肩膀上左滚右滚。季然夹在我们中间不好自由滚动，一笑得超过忍耐极限就开始不自觉地猛拍我们俩。

绑架泰迪的父子登场自我介绍，季幸又开始滚动：“这俩父子，一个叫罗伯特一个叫唐尼，钢铁侠组合吗？哈哈哈哈哈哈哈……”

喜剧是世界上最奇妙的东西之一，它能让人迅速从陌生到熟悉，它能让所有情绪瞬间消失，让你大脑变成单核，只剩下对着屏幕大笑的能力。

持续不停的大笑太耗体力，看完电影，我们三个都还瘫倒在沙发上一动不动。

“明早还要上课，去去去，睡去。”季然好歹活动了一下手臂，伸过来拍拍我。

“你去提箱子，我们这就过去。”我只动了动脖子，侧过头回答。

“唉！”他磨蹭着一点一点把身体坐直起来，朝我伸手，“钥匙。”

我一指门边的置物架：“包里。”

他晃动着疲软的身躯挪向季幸的箱子，再转身朝门的方向继续蠕动过去……

季幸和我收拾完躺倒在床已经是深夜。

“茵姐，你跟我哥现在这样真好。”她侧躺着，半边脸陷进了枕头。

“是吗？”我笑笑，看着她那张年轻细腻得透着白瓷光泽的脸。她今年 23 岁，刚刚毕业。年纪小真好，还有大把青春可以浪费，还有大把时间可以用来爱某个必然要离开的人。

“是啊，我发现我哥跟你在一起特别开心。你们都在一起四年多了？”她不知道，所有看起来完美的关系都不一定是真的。

“嗯。以前是同事，一起工作认识的。”

“真羡慕。我要是跟我男朋友在一起四年还能这么好，那就好了。”

“你有男朋友？你哥知道吗？”

“知道。”她动了动，朝我这边靠过来一点儿，“但我们可能要分手。”

“为什么？”

“在一起有点儿烦了。”

“烦了就分吧，只要确定以后不后悔。”

“我不太清楚这是不是正常现象，是不是谁都有这个阶段？你跟我哥有过吗？”

“没有。”季然和我虽然不是情侣，认识这些年大半时间也都黏在一起。我们彼此合拍，从来没有为任何事吵过架，也从未有过觉得对方很烦的念头。转念一想，傅明和我不也一样吗？大概我就是这种人，喜欢稳固的关系，讨厌改变，无论对朋友还是恋人都一样。

“你们什么时候结婚？”

“结婚？”这个问题我跟季然没统一过口径，要怎么答合适？万一她跟她哥聊过这个话题，我跟季然的口供不一致就糟了。

“不好意思啊，一激动就问了。别介意。”她挠了挠头。

“没事儿。”

“我现在也不敢想象以后自己会结婚。”

“不结婚也没有什么不好的，自由。”

“因为这样你和我哥才没有对方的钥匙吗？”

我一愣。

她接着说：“我真羡慕你，又自由，又独立。”是啊，我在她那个年纪时也为可以独立而雀跃过。

独立生活仿佛是长大成人的标志仪式。小时候那么迫切地想要长大，却不知长大与老去几乎是同时发生的事。

E 05 孩子们都很好

第二天清晨我是被电话叫醒的。

睡得迷迷糊糊以为是闹钟，伸手按了好几下那声音还在不屈不挠地一遍遍响着，直到把我彻底闹醒。睁眼便看到季然的大头照出现在手机屏幕上，瞌睡顿时醒了一半——床上只有我一个人，季幸不知什么时候起床出去了，我一点儿都没觉察。

季然的声音欢悦地从话筒里传来："起床了起床了，过来吃早餐！"

"两分钟。"我挂断电话使劲儿晃了晃头。真困。

这才七点，一大早他这么精神，真是太阳从北边出来了。

我匆匆刷牙洗脸去隔壁敲门，开门的是已经穿戴整齐随时可以拎起包走的季然。

"不是出去吃吧？"我看一眼自己身上的睡衣拖鞋。

"进来吧，在家吃。"他把我让进来。

茶几上摆着早餐：白粥、油条、煎蛋卷、豆腐脑。

早餐是季幸起床下楼买的，她正弯腰摆着餐具。

盆栽风信子顶端的花苞微微张开，挤成一团的香槟色花朵尖尖正努力突破绿色的包裹探出头来。

早餐后我们去上课，季幸跟人约了去看房子。季然让她等到明天下午，我们不用上课的时候陪她去，她坚持自己一个人去看没问题。这小姑娘正急切地要证明自己已经独立。我们提出顺路捎她过去她也推辞了，只要我们把她送到地铁站就行。

于是我们俩欣然地即兴加演了一场——手拉手幸福和谐地上出租车。两大一小看上去真是吉祥的一家。

在地铁站前把季幸放下，季然和我完全不用出戏，继续聊着天，跟平时一样。

他伸懒腰打哈欠全套动作一气完成："唉——困啊。"

"早上那么精神是装的？"我笑他。

"倒不是。我妹在家的时候懒得那叫一个令人发指，平时衣服都洗完拿出洗衣机了她也懒得去晾。今天居然起床给我们买早餐，感动得很哪。"

"长大了呗。昨晚她还问我什么时候跟你结婚。"

"是她自己想结婚了吧？"他不以为意。

"没有，她琢磨着跟男朋友分手呢。没跟你说？"

"分呗！"季然对此嗤之以鼻，"我老觉得那男的猥琐得很，分了好。"

"夸张了吧，要是真猥琐季幸能看上他？你妹挺有主意的，不像是能被男人哄昏头的那种。"

"别提了，说起就来气。我问她喜欢那男的什么，我去让他改还不行吗？我妹说他对她特别好。这是什么逻辑啊你说！他对你好，你谢谢他不就完了，干吗跟他谈恋爱呀？"

“也不能这么说。你妹是女孩儿，需要的就是有人对她好照顾她。每个人对感情的需求都不一样，难道非要像我这样其他因素都不考虑，只想跟一个自己喜欢的在一起？结果你也看到了。”

“所以说‘对你好’和‘你喜欢’两者都要有，缺一不可。恋爱一定得要素齐全才能幸福，缺胳膊少腿儿的事儿别干！一旦两人的感情缺了一样什么，就很有可能在别的方面过度补偿，看上去好像很和谐很美好，其实到最后缺的并没有补上，迟早会显露出来，总还要面对，只是拖得久了一点儿而已。自欺欺人有什么意思！”

“反正这事季幸也不听你的，让她自己决定好了。”

“唉，”季然向后仰头靠在座椅背上，像唱歌一样缓缓吐出三个词，“Let it go！”

“对嘛。”

“你没明白我的意思，我是说——让，它，狗！”他坐直身体正色道。每每毒舌过后他就心情特别舒畅，正像现在。

这只是一个再普通不过的周末早晨。我们两个老小孩儿坐在出租车后座，讨论着别人的故事，猜测着别人的悲喜，只从彼此身上看到了满不在乎的倦意和逐渐老去的痕迹。不再随随便便觉得沮丧，比以前更容易觉得快乐、满足，开始对所有事与愿违的境况习以为常。这并不坏，人生那么长，总要为自己找到舒服的姿态生活下去。成年之后，过得快不快乐已经不再是他人的责任，而是自己的。

车在楼前停下。

下车后我感觉又一波困意袭来，吃饱就困，早餐也不例外。25 岁前从没有过随时随地被困意袭击的感觉，整天好似有用不完的精力，夜里不睡早上照常早起。同样能感受到的还有身体的细微变化：25 岁前小腹不会这么容易出现赘肉，皮肤不会这么容易显露疲态，眼睛不会这么容易感到酸涩……

见我在电梯里捂着嘴打哈欠，季然说："一会儿上楼我去给你泡个茶包。"

看，如今连好男人都开始只喜欢男人了，大龄单身女青年真悲摧啊。

E 06 云图六重奏

钟老师今天似乎特别漂亮。虽然打扮如常简单，言行举止都没什么特别，但就是感觉跟以往不太一样。

大概是在国外生活太久，她穿衣服还保持着老外习惯——冬天脱了外套里面就是夏装，顶多再加一件薄针织衫，款式面料都简单舒服，不刻意讲究地叠穿在身上，十分洒脱。她今天穿着一件垂坠感很好的灰色大 V 领长针织衫，里面裹着色彩饱满的墨绿背心，上衣落在牛仔短裤卷边处，大马丁靴虽不至于晃荡，却也比腿要松一大圈。她好像从不折腾发型，黑长发随意垂下至锁骨处自然地弯过，说不清哪里和平时不同，感觉今天特别美。

不知是不是因为她和范蕾老师的话剧首演很成功所以心情好？也许吧。

周四晚上的首演，季然和我也去了。我不是特别爱看这类人性题材，全剧中唯一戳中我的地方是男主角智力迅速衰退的过程。如果每个人的老去都只是那么短短一段时间也罢了，现实生活中我们只需要花 18 年的时间便长大成人，却要花余下的一辈子慢慢体验老去的感觉。真残酷不是吗？某种程度上我真的有点儿羡慕实验小白鼠阿尔吉侬。它的智力曾到达过同类无法望其项背的巅峰，衰退后迅速死亡。它比男主角幸运，至少不用面对痴愚的后半生。

貌似不是我的错觉——不仅钟老师，连今天的作品分析课也不同以往。

一部172分钟的《云图》，六个故事，看完已经到午饭时间。她说下午的叙事学让我们自己讲故事。

我们？

把整整一下午的课交给不可控的因素，这做法很仙。

她一定是恋爱了。

下午，我们每人都被要求讲一段自己的故事。

这次没有题卡，自己决定内容，抽签决定顺序。我抽到了第四，季然抽到第二。抽到第一的是贺雅言。

贺雅言是个纸片儿人，不仅长得瘦长好像风一吹就倒，平时也不说话，没事儿就戴着耳机。季然说跟她聊过天，我表示强烈怀疑。我除了上课玩儿头脑风暴游戏之外还没听她说过话。

“我是做对白剪辑的，是电影和电视剧后期声音制作中的一项工作，ADR代表Automatic Dialogue Replacement（自动对白替换）……随便了，反正这个不重要。”她挺腼腆，大概是怕我们听得无聊，习惯性地讲到专有名词就立刻打住。

她讲的是大学时在音像店遇到一个男生的故事。她在店里试听CD，要走的时候取下耳机才发现后面排着一个男生在等。

“他跟我之间交谈很少，却默契十足。这种似有似无的感情远远达不到成为负担的程度，也远远不够支持我与他突破这种关系的力量。当他无数次跟我一起坐在图书馆，我递给他一只耳机，他帮我拧开瓶装水时，我常常想：这样就已经很好了。不需要说话，不需要做什么，仅仅只是坐在一起，彼此都有幸福的感觉。”

她的故事结局自然是无疾而终。很多年后，有一天她收到了一张他寄自越南的明信片，背面写着一句话：“在下龙湾看日出时，我忽然很失落。这样的情景，身边竟然没有人可以分享。”从那以后，就像之前一样再没有音信。

季然问她：“那你给他回信了吗？”

她点点头：“写了，没有寄出去。我收到的信没留地址。”

我第一次听她当众说这么多话。这故事像她，淡淡的。有的人不善于表达感情，这样留有一段没结尾的记忆或许也不失为一件美好的事。

更让我感同身受的是，二十几岁快三十的年纪并不大，想起可说的故事却都是很久之前的回忆。我们都单身、独居，独立之后做得最成功的一件事便是给自己的世界砌上墙。墙内安全温暖，回忆是一箱珍贵的行李，唯有通过它才能触摸曾经的自己。

原来时间情结是这种感觉。

季然在有人的地方总是欢脱得很，他这种钢铁小白兔才不会说什么伤感往事。果然，他说的是妹妹季幸的恋爱史，还顺嘴把早晨跟我吐的槽都重播了一遍。说到“让它狗”，围观群众笑声爆发毫无悬念。

聂蕙葶有点儿出人意料，她讲的是跟一个私家侦探一起盯梢的事儿：边看《皇家赌场》边盯梢，邦德的阿斯顿马丁在空中翻滚数圈时，他们的跟踪对象正在跟姑娘拉拉小手。故事结尾太有画面感了——侦探走了，而“他刚刚喝过绿茶的杯子还摆在桌前，一丝未散尽的热气正从杯里微弱地升起，而人已经不见踪影”。

真是小看了学院派励志妹，帅气逼人啊。

我能说什么呢？朋友之间的欢乐事都只是段子，说说笑笑就完了，算不上故事；除了傅明，我几乎想不到可讲的故事。那就“为黛西小姐开车”吧。果然感情都是初遇时最美，无论结局如何。结局美好，初遇就是纪念；结局不堪，也唯有初遇时的感觉能提醒你：值得。

…………

待我们七个人都讲完，季然强烈提议钟老师也讲。我们看到机会哪能放过，纷纷要求她也来。对，我们都听说了：前两天有个声音特性感的老外打电话来找她，还亲热地管她叫“囧妮”。前台小徐姑娘的传播功力不是盖的，就连昨天聂蕙葶没来上课是因为来大姨妈她都能广播个两圈儿。

“说吧，你们都听说什么了？”钟老师自己也多少知道点儿状况，一听我们让她讲故事便这样问。

“声音特性感的那个。”

“英国口音！”

“讲好莱坞的八卦也可以啊！”

…………

“八卦就不说了，上网看看什么都知道。”钟老师笑笑，“说你们感兴趣的吧。”

“2006 年，我还只是一个助理编剧。编剧团队由执行制片带，集体创作。团队里助理编剧有三个，我们天天跟成堆的资料打交道，筛选、整理、核对，帮忙梳理剧情细节，校对分镜大纲，唯一值得一提的工作内容是创作团队一起开会，要是哪天有了好想法能在会上插上一句半句都会开心很久。”她停顿了几秒，仿佛在梳理回忆。

大约人和人总是在某些方面很相似，比如最难忘的回忆往往都是与某人相识于微时。回望当时，自己什么也没有、谁也不是，在庞大的未知面前，即使一丝微光也能成为那段人生中最熠熠生辉的部分。

“那年六月，我刚刚跟完第一季。虽然整整一年我一集完整的剧本也没机会写，仍然觉得假期值得奖励自己一次旅行。有一个大学时很要好的朋友在英国，于是我假期决定去看她。

“在伦敦的某天下午，我一个人去逛波特贝露市集。在附近见到一家很小的旅行书店，我也不知道为什么就逛了进去。在书店里有个陌生男人不小心把热咖啡泼了我一身，接着他没有恶意地邀请我去他家换干净的衣服，告诉我他家就是不远处某条街上有蓝色大门的房子。我们就这样认识了。我见到了他那些古怪又有点儿可爱的朋友，他带我去参加他妹妹的生日聚会，我们两个偷偷翻进别人家的私人花园……一个人和另一个人相遇的事情每天都会发生，只是有的人比较幸运，相遇之后可以一起到老，而有的人至少曾经幸运地跟另一个人相遇过。两天之后我离开伦敦，然后就没有然后了。”

她的故事进行到后半段好像有点儿不对，简洁中透着一股浓浓的坑爹感——这不是《诺丁山》吗？

但前半段那么真，她的叙述也那么坦诚；又不是遥控器，没理由出现这种一秒换台的效果吧？

“怎么？真有人没看过《诺丁山》？”她见说完了都没人出声，吃惊地问。

季然顺势抗议起来：“老师，不带这么欺骗感情的好不好？”

她依然像刚才那样笑了笑：“海明威说，所有好故事都有一个共同点：它们读起来比真的发生过还要更有真实感。刚才我只不过是讲了一部人人都看过的电影，但你们的第一反应不是‘呸，假的！’而是怀疑‘它该不会是假的吧’。为什么一个假得这么明显的故事，你们都不立刻确信自己的判断？明明一听就知道假得很，是什么给它增加了那微弱的一丁点儿可信度？代入感。开头关于我当年生活的简单描述让你们感受到真实，你们不自觉地在比较当时的我和现在的我，再联想到自己身上，想起自己刚刚开始工作时的心态。一个具有欺骗性的小动作就给我争取了好几秒钟的时间，让你们没有立刻产生怀疑。做编剧需要时时刻刻都准备着这几秒钟，因为你不知道观众在下一次按遥控器换台之前会停留多久，可能一秒，可能两秒，也可能是半秒。

“当然，我不是教你们欺骗观众的感情。刚才的故事只是举一个比较夸张的例子。假如我改成讲《迷失东京》的情节，整体辨认度就不那么高了对不对？你们就很有可能被我编个故事骗过去。在写作时，无论情节是真实还是虚构，哪怕那些观众明知是虚构的科幻、未来题材，有真实的情感共鸣永远都比花尽心思去想没人写过的情节重要。

“别再好奇我身上有什么故事了，有些人虽然写故事，但自己的生活很平淡无奇，我就是。”

E 07 前任

一直到家楼下，季然和我还在研究钟老师的故事版本哪里真哪里假。

“我觉得开头没有假，不然干吗没事儿拿《诺丁山》来说呢？”我说。

“你瞎说。时间地点是真的，故事绝对没有真实成分。”他斩钉截铁地表示不可能。

“时间是真的我同意，地点不一定。因为之前传来传去说打电话给她的男人是英国口音，就干脆省事编个伦敦的故事好了。其实说不定就发生在她生活的地方，没人规定英国人不能去洛杉矶啊。”

“地点假不了，因为——”季然说到一半卡住了。

我们站在楼道口，齐刷刷地傻了眼。

季幸回来了，在我们家门口站着；还有一个打死我也想不到会在这里出现的人跟她站在一起，两个自来熟正聊得热火朝天。

他们俩也看到了我们。

“傅明？”我愣在原地，都忘了要走过去开门，隔着几米的距离一动不动地看着他们。

“倪茵。”傅明从这惊讶而漫长的对视中移开目光，转而打量站在我身边的季然。

季幸见此情形也感到好像不对劲儿。没有人再说话，气氛有点儿奇怪。

我以为他早就走了，却没料到他时隔一周又出现在我面前。这些年我们每次见面都更像是安排好的日程：计划、彼此确认、单独碰面，没有其他人。那并不是社交意义上的见面，我们可以不用理会彼此间尴尬的关系。可是此时在截然不同的环境下猝不及防地偶遇，我不知道当着别人的面该如何做出反应——见到你真好，因为我很想你；见到你真糟，因为……从来没想过有一天会让你撞见我跟别人在一起。

还是季然先打破了怪异的沉默："我们先进去吧。"

他打开他的门，我打开我的门。同时。

"季幸。"季然叫了他妹一声。她看了看我，没出声，跟着进了季然那边。

我们看着他们进了家关上门，也转身进了我这边。

傅明看到了鞋柜上摆着的手工玩偶，是他送给我的。

鞋柜里只有两双拖鞋，我的和给季幸准备的。

"别换鞋了。"我说。

"没听你提过现在在学编剧。不再喜欢做活动策划了吗？"他问。他一句也没提本该滚出国门的自己怎么会还在这里逗留，反而没话找话地跟我瞎扯。

季然和季幸还在隔壁，我始终觉得开门让他进来是个糟糕的主意。我便又再打开门："还是出去说吧。"

他颇有深意地看我一眼，没说什么，转身出了门。

我们没有走太远，就在小区附近一家闹哄哄的商场里随便找了个还有空位的店坐下。那是家甜品店，店员姑娘不停地热情推荐几款受欢迎的情侣甜品，我没有听完，匆匆点了碗龟苓膏了事。他也比我好不到哪里去，就说了两个字："一样。"

店员收好菜单走了。他问我："我记得你很喜欢吃芒果的，怎么推荐的那些芒果甜品都不吃？"

"湿气太大。"我倒要看他东拉西扯什么时候能进入正题。

"我在门口碰到的是你男朋友的妹妹吧，她挺逗的。"果然问到这个了。

"嗯。"

"听说你男朋友特别好，下班回来还会亲手给你烤蛋糕？"

"你要是想问我上次是不是背着男朋友跟你乱搞，直接问就是了。"

"我没那个意思。"

"那你什么意思？"

"我们不能好好说话吗？"

"你先说你是来干什么的吧。"

"我——"他有一点儿迟疑，"以后都不会再过去了。不走了。"

"为什么？"我早知道我没出息，只是不知道我原来这么没出息。一听说人家不再走了，第一反应居然是怀疑他不走的原因跟我有没有关系。

"没什么，换了份工作。"他说得轻松。以我对他的了解，努力那么多年到了那个位置，没有重要理由他会随便换工作？

“有女朋友了？在国内？”

“没有。已经没了。”

什么叫“已经没了”？他到底是在说谁？这样含含糊糊的很让人着急啊。

见我满脸疑问，他不自然地笑笑：“我没别的意思，就是找你聊聊天。毕竟这么多年朋友，没人比你更了解我。”

“我没那么了解你。”我当然了解他。听他这么说准是又有什么事儿不开心，这场面不新鲜了，以前他一有不顺心的事儿准来找我说。

“你有的。”哟，评价还挺高。

“是吗？”我也笑笑。

“你晚回去没事儿吗？”他问的是我跟他出来，季然会不会有什么想法。

“我不会晚回去。现在才六点。”

“别误会，我没有其他意思，只是想约你一起回学校看看。”

“现在？”

“嗯。”

他以为我脑子有坑吗？想带我去回顾我们之间的往事曾发生的现场，顺便提醒我他也没忘。

“那走吧。”我听见自己说。我真是脑子有坑。

…………

“自己知道就好，你可不是脑子有坑嘛！”回来后，季然毫不掩饰地表达对我的鄙视，“甜品还一口都没吃呢就走了，浪不浪费啊？”

听说我跟前男友回学校逛了一圈儿，他的意见是浪费食物可耻。

“你就想说这个？”我不知道是该无言以对呢还是该无言以对。现在我在季然家，季幸在我那边，她可能以为我们需要以各种方式交流感情解决问题吧。

“不然呢？我总不能让你有出息点儿吧？你跟我都知道那是不可能的。”他拿起手边的瓶子，拔掉软木塞，倒酒进我们两人的杯里。

那一箱子酒我没打算往家搬。我们一直都这样，我的就是他的，他的就是我的。除了牙刷、内衣和男人以外。

我们的关系和恋人间的区别就在于我们从不试图改变对方。好的坏的都无关紧要，毕竟彼此只需为自己负责就够，而我们也都不是那种有事儿没事儿挺身而出把自己当成监护人的好朋友。可以无话不说，也不会过度关心。有时候我甚至在想，单身一辈子也没什么关系，至少还有这么个 Gay 密。

“今天这个比昨天的还好吃。怎么做的？”此时我已经果断地开动了今晚的第二块酸奶蛋糕。

每回听我夸他做的蛋糕他就得意得不行：“低筋面粉里加玉米淀粉，除了酸奶还要放一点儿柠檬汁和两滴醋。跟万能的‘下厨房’学来的，居家旅行杀人灭口例不虚发有没有？别看它长得不怎么地，吃起来就崇拜我敬仰我了吧？”

“你这两天什么情况啊，老妹来了就激动得天天都做蛋糕？”我嘴里吃着，含含糊糊地问。

“那是，这回我要雪耻，省得季幸就记得我会做个土豆炖肉！”他嘚瑟道。

这个段子我听他说过。那是他跟我还不认识的时候，季幸刚考完高考那年跑来他这儿玩儿，他第一天的晚餐给人做了一锅土豆炖肉。吃倒是不难吃，就是一直吃到了第二天晚上才消灭干净。接下来那几天他们俩再没在家做过饭。从那以后他们见面基本都是过年回家，他也没机会展示厨艺，把当年吃土豆吃恶心了的回忆彻底洗刷干净。

他倒是雪了耻，我估计再这么吃下去又得开始跑步了。

“天天蛋糕吃进去变成肉你负责陪甩吗？”

“你还用我陪跑步啊？跟你家傅明多去怀怀旧约约会不就没了！”

“呸，我们现在已经恢复了纯洁的朋友关系。他刚失恋。”我这句话不假。傅明今天跟我聊天聊了几小时，虽然没有看雪看星星从诗词歌赋谈到人生哲学，但至少没做任何有意或无意的亲密举动。

“啥？不可能！”季然一脸的不信，“你记着这句话吧：他不是想做朋友，而是想跟朋友做。”

“放屁！”

“屁可不是我放的。你忘了上次我们俩一起看的电影了？电影里阿娇姑娘说的。当时你还特别苦逼地笑来着。”

“不笑怎么办，哭啊？”

“我都懒得说你，那个渣货到底有什么好？长得好看你毁他容，脾气好你把他折腾疯，不惦记他了整个世界就清净了！”

相信我，我也想知道他有什么好。

他一直都坦白得很，有事儿从不对我遮遮掩掩，仿佛当初分手时就表明了态度——我们始终是朋友，直到彼此想改变关系为止。换句话说：只要我想，随时可以请他从我的生活中打包滚出去再也不露面。如果他无赖一点儿，我或许真的能下得了决心把他踹开。可是他没有。我也曾试过不搭理他，他也果然不废话，我赶他他就走，跟没脾气一样礼貌得体。下次想起我还会给我打电话，好像知道我一定忍不住继续不理他。

认识九年，他没对我生过一次气、大声说过一句话。他说我了解他，其实我的了解也有限得很。比如，我不明白我对他来说到底算什么。

E 08 昨日之旅

季幸在隔壁大概已经睡了，她肯定认为我今晚回去睡才叫不合逻辑。

季然要把床让给我睡，我自觉地要求睡沙发。

来的时候一件衣服也没带，洗完澡他从衣柜里给我翻出了一件印着星条大盾牌的短袖当睡衣。当初他买它的时候这么说来着：美国队长那凶残的胸大肌就得用这么大号的盾牌才盖得住，敌人当前亮出胸器晃瞎他们的狗眼，钢铁侠爸爸造兵器有眼光！

今天自己穿上身才发觉，衣服上的盾牌图案果然惊人的大，真是件显瘦利器。

抱过被子来时，他把我上下打量了一番，点点头：“嗯，可以。明天早上你就保持这造型回隔壁去吧！很有说服力，我妹一定毫不怀疑。”

“你跟你妹怎么说的？”我问。

“还能怎么说，你们见面的时候那诡异的气场一看就知道有过奸情。”他瞥我一眼，“放心吧，没穿帮。我特别大度地告诉她我知道，而且你不会干出什么对不起我的事儿。”

“可是我的确干了件对不起你的事儿……”傍晚坐在学校图书馆后的花园里跟傅明聊天时，我坦白交代了跟季然的真正关系。

“X，他知道真相后要是看上我了怎么办？！”他当即愤愤道。

“……你觉得他爱好有这么广泛？”

“嗯，我看不会。”他瞬间恢复了平时那副贱萌贱萌的小样儿，“哎呀我就是随便惊慌一下，你知道的，作为渣男过敏症患者，我不得不防嘛！睡觉吧睡觉吧，晚安！”

“晚安。”我躺进了沙发。

被子早已卷好，钻进去之后感觉自己像一只待烤的肉卷儿，舒舒服服地躺在预热过的烤盘上。

房间的灯熄了，只有墙角那只蘑菇形的夜灯还趴在电源插座上，亮着模棱两可的淡黄的光。

季然有项过人的天赋叫沾床就着，睡眠质量高，哪怕一天只睡三四小时都比别人睡了一整夜精神。今天在睡前酒的助眠功效下，他不出10分钟就彻底进入了冬眠级的沉睡。

我睡不着。

我躺在沙发上，听着暖气管里不规则的、细微的滴水声。它滴了一阵便停下来。

我躺在这里，安静地继续听。在深夜安静的房间里，我盯着头顶的天花板，仔细凝视窗外照进来的路灯光在上面留下的深浅不一的纹路。在今天之前，我从未试图好好回忆这些年的生活，或许是不愿也或许是不敢。当傅明和我坐在学校图书馆后的花园里，看着夕阳透过还未长出新叶的紫藤花架静静晕染下来，听着风将所有零碎的回忆拂向同一个方向。在那个似曾相识的时刻，我忽然意识到——跟他分开后这些年，我也不是没有尝试过重新开始，只是到最后才发觉，所有的经历都不过是在复制我们之间的一切。

在很多记忆的碎屑之间，我们已经过去了九年。

分开这些年，我们也发现了彼此的改变。

傍晚，坐在灌木丛旁的长椅上，他跟我谈起刚刚结束的一次恋爱。同样烂俗的情节：他打算爱她一辈子，她只想爱他一被子。他说他以前一直觉得什么“真爱”都是扯淡，因为这个世界上根本没有什么注定的、不由自主的、无可取代的感情；好的感情是彼此相处愉快，不好的感情则像吃坏了肚子，最坏的结果只是有点儿肠胃不适感。结果常在河边走他也难免湿鞋，遇到了一个颠覆他爱情观的货：他的女上司。她风趣、迷人、聪明又可爱，他们说只有彼此能听懂的笑话，做只有彼此理解的傻事，他们分享只有对方才懂的乐趣。然而她非常明确地让他明白——这个世界上的确有真爱，有注定，有不可取代的感情，只是他并不是那个人而已。她的“真爱”远在国内，他是她孤单寂寞冷时抓到的一只功能齐全的抱枕。

我知道他犹豫了很久才会告诉我这些，想必除了我之外他也没法儿跟别人细说这么丢人的事儿。他从来都知道，我是唯一无论发生什么事儿都会无条件谅解他的人。可我在听完的那一瞬间，还是非常不厚道且毫不犹豫地笑起来。

这难道不好笑吗？傅明也有这一天。

我不是十几岁的小姑娘，听说自己喜欢的人被别人伤害了会跟着愤怒跟着伤心。我甚至真心觉得他活该。可不是活该吗？总要有某个人教会他爱，再把他视若珍宝的感情扔回他脸上，砸得渣儿都不剩。谁没有上过这一课？必经之路不该在他身上有例外。我并非幸灾乐祸，只是相信有些事谁都没法绕开，唯一的区别是有的人迟有的人早。没有经历过伤害，便不会理解他人；没有原谅过他人，又怎么可能成为更好的人？

我一直希望自己这么多年念念不忘的是一个好人。我希望他会成为一个值得我始终不忘记的人。

如此而已。

说出来比那些整天做梦嫁给王子的小女孩儿还要幼稚，我知道。可这个希望并不过分，我所想要的自始至终都只是一个“值得”。即便早已成过去，即便他是怎样的人已经无关紧要，我只希望在记起他时，不会再如此不甘心。我不愿意接受自己爱过一个这么渣的男人。

我笑的是感情这件事的荒诞。他这样对我，另一个人居然也这样对他。就像复制粘贴般相似。而他却将这件事说给我听，他期待从我这里得到什么反应？这感觉不是不悲哀的，只是笑总比别的情绪表现来得自然。

我笑完了看着他，他并没有生气。

他对我说：“我现在终于知道我有多浑蛋。对你。经过这么久，也只有你一直陪在我身边。”

他说得真诚，我理应给点儿正常反应。

“多久之前的事？”我不是不信他刚才说的话发自内心，而是想知道原因。假如他刚刚被人踹了就转身来找我，我能给的也只有把门甩在他脸上，字正腔圆地说一声“滚”。

“已经过了小半年了，不然我也没有时间想清楚这么多事。”他转过头去看着小径另一侧图书馆的墙，“决定回来后第一个电话就是打给你。结果还是过了这么久才告诉你。”

“不算久，你回来才一个多星期。”

“坦白地对你说这些并不容易，我想了很久。可能有点儿晚了，但我希望你知道：我明白自己错过的是什么。”

“傅明，我跟你坦白说这句话也不容易：不管你为什么要告诉我这些，不管我们之前有过什么关系，我绝对不会当这个替补。”

他似乎并不吃惊：“你相不相信都好，我没想过提这种要求。你是我见过的最好、最特别的女人，我这辈子不会再有运气遇见第二个。所以我不可能再一次犯同一个错误。如果说这小半年我都想通了什么，其实只有简单的一句话：不要再把任何人的好当成理所当然。”

他的回答让我始料未及。眼前这个人甚至不像是我曾经认识的傅明。以前的傅明，哪有时间分出神儿来考虑别人对他的好是不是理所当然？他总能轻易得到他想要的，无论事、物，或是人。

——所谓“不再犯同一个错误”，说明他不提出要求，仅仅是因为对我没有特别的感情。要说他对我比从前多了些什么，那只是尊重。

这是我期待已久的答案。说起来那么简单轻易，而我等这一秒已经等了很多年。这几分多出来的尊重，真能证明曾经那段感情是值得的吗？我不知道，但我情愿这样相信。

“看来你受的刺激真不小。”我试图将聊天的氛围变得轻松一点儿。

“没有，只是年纪大了，改变了一些想法罢了。”

“嗯。”

“我们可以重新认识，像陌生人那样。”他说。

他这个提议简直蠢透了。如果人人都可以把过去用橡皮擦掉再重来一遍，我们将迎来一个没有遗憾的和谐美好的世界。这是纯扯淡。

“怎么重新认识？大家装作以前从没见过面然后互相自我介绍一遍？”

“如果你乐意的话，我们可以重新开始互相了解，我指的是好朋友之间的那种，没有别的企图。”

如此说来，他在建议我把前男友转型为男闺密？我脑子有坑才会答应他。

“好吧。”我听见自己说。脑子有坑是病，必须得治啊。

E 09 错误选项

清晨我回到隔壁自己家时季幸正在洗衣服。洗衣机不疾不徐地转动，发出轻微的嗡嗡声。洗手间里的洗衣篮是空的，连我扔进去的衣服她也一起洗了。

她看到我裹在大衣下是季然的上衣和光着的腿，脸上浮现出“我好像知道了点儿什么”的微笑：“早啊。”

“早。”我脱下大衣打开衣柜翻要穿的衣服，“这么早洗衣服？”

“嗯，晚点儿要出去。”

昨天没顾上问，看来她看房子的结果不那么令人满意，今天还要继续。

“下午陪你去看房子，中午来跟我们一起吃饭吗？”我站在打开的衣柜门后穿内衣，背对着她问。

“嗯，去。我知道地方。”

“那就好。”我开始扣衬衫扣子。

洗衣机的运转暂停了片刻，排水声哗哗地响起，接着开始抖动起来。

季幸好像说了句什么，洗衣机脱水的响声盖过了她说话的声音，我没有听清楚。

“什么？”于是我转过身来坐到床边，边穿裤子边问。

“没什么，我是说我哥够懒的，还没起来。”这小姑娘今早的表情贼得很，肯定从昨晚到现在都在脑补他哥运动过量的情节。

季然起来了，他没穿戴整齐过来召唤我们下楼吃早餐，是因为还在收拾我昨晚睡过的沙发。

“大概一会儿就过来了，他在收拾。”

“噢——”她又一脸恍然大悟的表情。

“你噢什么噢，嘴张那么大？”可供联想的素材只有“收拾”两个字而已，这孩子还能想象出什么不纯洁的内容？

“‘噢’肚子饿嘛。”

“冰箱里一直有酸奶，我昨天早上还贴了条在冰箱门上。没发现？”

果然不做饭的人从来不会往冰箱的方向看，她这才扭过脸发现花花绿绿的冰箱贴们中间夹着一张小字条。

她伸手去拉冰箱门，却迅速缩回手来——静电。

我把钥匙扣递给她：“上面那个像子弹头的小玩意儿，捏住一头。”那是一只小小的除静电头。这里天气干燥，平时接触门把手、水龙头、地铁扶手、车门，都容易被电到。季然便给他自己和我一人准备了一个防静电钥匙扣随身带着。

“我哥钥匙扣上好像也有一个。”她捏着这枚小玩意儿，饶有兴味地左看右看。

“是啊，他买的。你不会相信他连修剪毛球器都有三个，按大小分为大衣用、毛衣用、毛毯用。”

“真的假的？”

“当然真的，你哥就是真人版的哆啦A梦。”

“完全同意！看来我以后也得照着我哥的标准找男朋友。”

“这么说你已经跟那谁分了？”

她点头。这才隔了一天一夜，她就停止犹豫做了决定。果断真好，年纪小的人总是有足够的勇气。时间尚未将他们对未来的信心慢慢消磨殆尽，他们仍相信能遇见更好的人，仍有心力与另一个陌生人从零开始一砖一瓦建立起彼此间的信任。

话说回来，季然的确是大多数女人理想的类型：爱收拾、会做饭、还细心体贴又有趣。他不讨厌逛街，愿意跟你一起贴着面膜窝在沙发上看电视，灯泡坏了下水道堵了电脑出问题了他还能充当修理工。男人会的他会，女人的爱好他也爱。有一个季然就像同时有了男朋友和女朋友。Gay 密真是这个世界上最奇妙的物种。

后来季然听了我的赞美，颇不以为然：“你什么记性？不是三个，是四个！不然你以为我拿什么给棉袜剪毛球？”

“反正你赢了，细节不重要。”我接过他手上的杯子拎出茶包扔进垃圾桶，打开水和我的杯子一起洗好擦干摆进茶水间的储物柜里。这对马克杯也是季然挑的，倒热水就变色，虽然不新鲜，但刚来上课的那几天，一进茶水间杯子君都拉风得很。

此时我们刚下了课，正在等着到点去楼下跟季幸碰面。

不知从哪里响起一声手机短信声，季然、我以及刚进茶水间的范蕾老师都不约而同地摸出自己的手机来看。三只水果电话面面相觑，虽然穿着颜色不同的衣服，发出的声音都一模一样。这种叫街机的东西喜感真不是一点两点。

收到短信的是我。

傅明发来一个问句："晚上去看《霍比特人》吗？"

他还记得。2003 年末我们刚认识时第一次去看的电影就是《指环王 3》。那时学校附近的电影院还没有变成今天的样子，旧影院的放映厅规整地环绕排列，面对着中厅的回廊。放映厅音响也比现在差很多，电影票学生折扣低得难以想象。没有汽水和爆米花，中厅买零食的小亭子里只有瓶装水、薯片和各种或硬或软的糖。那天我们去得有点儿晚，错过了片头更错过了好位置，坐得远远的隔着一排排黑压压的人头看了三个多小时，却仍然看得很快乐。

那时我们什么也没有，什么也不挑剔，仿佛过得开心是再容易不过的事情。我去自习室占两个相邻的座，他帮我把两只八磅的热水瓶提上五楼的宿舍……每周都一起购物，在学校附近的超市推着手推车逛过一排排货架，想象未来的生活会有多幸福。

我曾以为想象中的未来会按部就班地到来。虽然并未发生，但那时所憧憬的一切直至今天都仍比当下的每一刻更加真实。我曾彻底地相信过、期待过、失望过、遗憾过，在遇见他之前不曾有，在那之后也不再有。

我以为他从未费神儿记过那些事儿，没想到他还记得。他正在向我证明，当初或许他并不如我那么当真，可他全都记得。

——作为刚刚重新认识的"朋友"，他这个邀请未免也进展太快了些。

"我妹到楼下了？"季然凑过来。他以为是季幸。

我赶紧摁灭了屏幕，免得他看见又要鄙视我："不是，她还没呢。"

"你们俩还没走，等人呢？"范老师收起电话，随口问着走到里面洗杯子。

“等我妹。等老公来接你？”

“没有，我在等一个关电脑要关10分钟的女人。”范老师晃晃杯子，从纸巾筒里抽出一张纸擦干手上的杯子，“我们囧妮从来不到关电脑的时候看不见有邮件要回复，作为基友我真命苦。”

一不在教室里，季然也跟着叫囧妮叫得无比顺畅：“哎，你有没有觉得囧妮特别像一日本女演员？”

“年轻人不要这么邪恶，看点儿健康的电影好不好？”范老师笑道。

“咳，不是我，是我妹看到咱们大家出去玩儿的合照说的。她说你最多只有25岁，还说囧妮特别像日剧里的那谁谁！”

“那谁？”我没看过几集日剧，听他一说也有点儿好奇。

“记不清了，好像是什么惠？反正名字有点长。少女范儿，你说呢？”

“到底是什么惠我真心没线索。替我谢谢你妹，告诉她姐今年的确是25——的八周年纪念。”她放好水杯关上柜子，干脆也留在茶水间聊着天等人。

趁他们聊得欢，我又翻出手机打算给傅明回短信。只是输入了好几次都觉得不妥：答应吧，似乎像是某种表示；不答应吧，又好像有点儿太小气。

终于季然的电话响了起来，季幸到了。仿佛我犹豫不决的期限也已经到了底，我将最后一次输入的内容发了出去：“好。”

我知道我只是在找借口说服自己应该答应他的邀请而已。其实何必犹豫呢？这就像考试时拿不准的选择题，即使刚开始选对了答案，到最后仍然会鬼使神差地改成自以为是的错误选项。傅明就是那道我一错再错的选择题。

我相信这个世界上有两种人：一种会按 Repeat（重播）键，另一种不会。

毫无疑问我是前者。

听到喜欢的歌会一直按重播键很多遍；逛到喜欢的店也会一直按重播键；对身边的人，也在一再按着重播键。虽然随着时间的推移，谁都会渐渐获得一种叫“成熟”的力量，但它对我而言却从不代表正确的选择或理性的判断。当我开始质疑成熟与伪装之间的关系时，也开始明白成熟只是学会了说服自己或者谅解自己。

有时候我不免疑惑：为我们生活中一段段关系写下结局的或许并不是自己身体里那些可以改变、可以修正得更好的能量，而是那一小部分与生俱来的最顽固的东西？

下行的电梯里，季然叨叨着接下来去哪里吃午饭的 N 种选择：哪里等位的时间比较短，哪里的东西比较好吃，哪里的交通比较方便……我由他自言自语。因为我知道他总是会选出最合理的一个。

错误选项对于所有人都是经验，只是有人学会了规避，而有人并不愿意学。

E 10 月宫

我意识到跟傅明来看这部电影确实愚蠢极了。

时隔九年再次于银屏上见到夏尔那一片原野，仿佛记忆中的画面穿透时间的墙把往日带回到眼前。熟悉的镜头缓缓重现，袋底洞、穿着背带裤的弗罗多、年迈的比尔博……厚重的时光感一层层紧紧叠着扑面而来，身边一切都早已不同往日，而他们仍如静止般停留在当年的样子。

比尔博的声音从画面背后响起，我已经找不出合适的语言形容此刻回响在胸腔中的震感。

“我亲爱的弗罗多，你曾问我是否已将我的冒险故事全部讲给你听。我可以诚恳地告诉你，我所说的都是实情，只是并非全部。现在我已老去，不再是曾经的‘那个霍比特人’……”

这宁静的开场像一个被拉远的梦境，冲淡了时间的概念，清洗出往事的轮廓。前传真是种让人无所适从的东西，如同过去所有的情节都未曾发生，我们仍在当时当地故事的开端醒来，擦除记忆重新入梦。

傅明不知从什么时候开始握住我的手，直到电影散场才放开。

借着散场时亮起的灯光，我低头看见自己微微汗湿的右手掌。

“别在意。我看你看电影的时候一直抓着扶手，好像怕掉到哪里去一样。”傅明侧过头看着我，说话的声音平缓而自然。

这不是普通朋友间会有的状态。

两个多小时的电影看完既轻松又有点儿累，我不打算再跟他探讨我们的关系。至少不是现在，也无须是现在。

放映厅里多半人都已经离场了，我也站起来：“走吧。”

出口用栏杆隔成两边，左右都很窄。他换到我背后，停住脚步隔开挤在后面的人群，等我通过了他才跟上来。

几年前常来的电影院外也变化不小，我们每次看完电影等公交车的站台也换了位置，挪到了商场另一侧。

没等多久他拦到了车，打开车门回过头示意我过来。

“你先回去吧，我家很近，也不同方向。”我站着没动。

他又反手关上车门，把车让给了旁边的一家三口。

“送你。”他说。

“不用，我今天想坐公交，跟你不顺路。”

“公交站在那边。”他说着自己先一步往公交站的方向走过去。

我不想让他送是因为今晚感觉实在有点儿微妙，而他坚持要送我，我也没法表现得对此事太过在意。

所谓的想太多或许就是这种症状。

公交站倒是挪得不远，从这个方向上车是回学校，马路对面的方向则是回我家。

夜里10点的公交车很空，显得格外宽敞，硕大的前风挡玻璃窗毫无遮挡地将路过的街景陈列在我们正前方。

车上人本来就不多，一路上更是下车的多上车的少。初春的寒意隔在玻璃窗外，车厢内的空气温度暖和又模糊。

上一次跟傅明一起坐公交车是几年前。具体时间已经记不清楚了。

“我记得，2009年。刚工作那阵，有一天你来找我吃晚饭，我送你回家。”他倒是说得具体。

“没有，我是自己回家的。你送我到车站。”

“没有吗？”

“我那时候住得很远，我记得中途换乘的时候是自己一个人。”

“我以前真的那么渣？”

“这是你说的，不是我。”

“好吧，我承认。”

“别管了。其实我也忘得差不多了，就记得那么一两件，凑巧刚才的是其中之一。”

“但愿你记得的另一件是好事儿。”

“随便吧，反正都过去很久了。”

“噢，明白。不是好事儿，对吗？”

“我真的不记得了。”

…………

我家并不远，车很快就到站。车停下来时，隔着窗能望见我住的那幢楼。这里的街景跟其他地方差不多，此处青灰的墙也与别处差不多。即便如此，仍恍惚觉得眼前看到的早不是我曾经熟悉的那条路、那个门牌、那盏路灯。

自从那天他出现在我家门口，便有一丝无法名状的疑惑始终浮在我与眼前的生活之间。我不知道他想要什么，我分辨不出他是真诚还是虚假，我无法确定我是期待还是恐惧。

他怎么会第二次进我家是个谜。我没邀请他也没阻止他，他没问过我更没说过什么，就这样进了楼道、上楼、打开门，下一秒钟他就已经在我家里。

我随手将钥匙摆进鞋柜上一只装饰用的小瓷碗里。

他见状笑了："你还是这样，钥匙永远摆在老地方。进门不用见人，只要看到钥匙就知道你在家。"

没分开前我们曾经一起生活过很短的一段时间。我的钥匙总是进门就摆在门边的某处，他回来时只要看到钥匙，即使家里安安静静也知道我在。或许在厨房，或许是睡着了……在做什么都不要紧，只想让他知道我在就够了。

我以为这微不足道的习惯会让他感到安心，却不知道他要的从来不是这些。

"你跟她到底是什么时候开始的？我知道之前还是之后？"我突然问。不甘心了这么多年，我想知道。

"谁？"

"不想说就算了，我也只是随口问问。"我问的是谁他知道。是当年他要求跟我分开的原因。

“那倒没有。我一时想不起来。对我来说那只是个让我犯了最重要的错误的不重要的人。”

他说得太绕，我懒得继续往下问：“随便问问而已，无关紧要，不用解释。”

沉默片刻后，他也问起我来：“这几年你都是自己一个人？”

“怎么可能？”我笑笑，反问他。事实上他说得没错，我尝试过跟别人交往，从来没有成功过。但现在我最不需要的就是他来跟我玩儿愧疚感这一套。

我受得起，但不愿意。

“你会过得好的。相信我。”

“我现在过得就很好。别扯这些有的没的了，家里没茶，酸奶要吗？”

“谢谢。”

打开冰箱门，我的脸感受到一股细密的凉意。

酸奶整整齐齐地排列在冷藏柜里，似乎在证明我一个人过得也很好很健康。

我不该提起当时分开的事，我几乎从不回忆那段时间。而今天，记忆的瓶口那支软木塞不经意间被拔掉了，瓶身倾倒，往事顺着心脏一幕一幕巨细靡遗地滑落。

我知道他已经另有目标，只是碍于几分被称为“道德感”的东西，才自动自觉地跟我坦白——又或许他怕烦，不想花精神两头瞒来瞒去。接下来很快分开，各自搬家。我始终不知道他跟那个女人到底是什么时候开始的、接下来究竟怎么样了。

他再出现时，我的新家已搬到了很远之外。

几个月后的一天傍晚，我下班回来，转过弯走上楼梯就看到有个熟悉的身影站在那里，背靠着门像是等了很久。

我愣在当场："你来干吗？"

"我想来看看你最近怎么样，"他垂下眼帘，抿了抿嘴，"没有钥匙，进不去。"

我搞不明白他突然跑来开什么玩笑，那一刻只感到忍得实在辛苦。

跟他分开，从以前同住的家里搬走时，我没给过他任何多余的反应，一句话也没说，走时把钥匙扔在了门边的柜子上。或许分手时大吵大闹会让男人觉得更理所当然些，而我并没有义务用这种方式消除他的愧疚感。我不想在他面前浪费情绪，仅此而已。

他终究还是不放心，找过来看我。没人知道我有多希望自己能够干脆地把他赶走，再也不见。

"你有病啊？！"我朝他吼。

"别急，你别急，不想看见我我可以立刻消失。你别哭。"他手忙脚乱地从口袋里找纸巾，样子就像是当年提着两只热水瓶走在我身前上楼的那个大男孩儿。

我脑袋里全糊成一团，只知道重复唯一会说的一句话："你有病啊。"

"好了，没事儿了。没事儿了。"他轻轻拍着我的背。

我们就那样傻站在门口拥抱。过往那些最强烈的快乐和失落，最痛苦而漫长的等待，那一刻都不再重要。当时，我以为我们从此以后都不会再分开。

事实必定不如想当然那么简单，我稀里糊涂地成了他的一个没有明确定义的朋友，偶尔见面，偶尔问候，不清不楚直到他走。

很久之后，我逛街时无意中瞟见一本书，封面上“月宫”两个大字下印着这样一句话：“你是个梦想家啊，小子，你的心在月亮上，它永远都不会到别的地方去。”

莫名其妙的熟悉感在那一瞬间击中了我。

自此我便明白，我所期待的生活和他想要的实在相差太多。

再后来，我也不再是当初傻愣愣的小姑娘。人都会长大，会明白自己做过的那些蠢事到头来有没有救。

我知道自己尽了力也无法把他这一页翻过去，唯一能做的，就是别再给他同情我的机会。

他撕开酸奶杯封口的声音细微但清晰。

我从回忆中惊醒，两肋间还残留着一丝酸涩。

“晚了，你赶紧回去吧。过会儿季幸过来看到不好。”我掰出一个透明的一次性小勺递给他。

“他们不知道你跟我出去？”

“你问得有趣，季幸连她哥是直是弯都还不知道，我能添乱吗？”

“行，那我走了。”他稍稍举了一下手上的酸奶杯，“谢谢。”

关上门，我看见茶几上躺着刚才包裹着那只小勺的薄膜状袋子。它被我拦腰撕成了两段，参差不齐的裂口处还留着一丝长长的延展痕迹。

我看着它一点点慢慢往里蜷曲，最终缩成绵软的一团，不再有形状。

E 11 答案

季幸很快找到房子搬了出去，在城市的另一边，离她的新工作不远。我们三个说好有空就聚，可自从她搬走至今一个多月，都没约上合适的时间。

季然见傅明和我的关系越发像正常朋友起来，便开始时不时找我讨论怎么在老妹面前编一个刀枪不入的“分手还是好朋友”情节。

比如现在，我们俩一人一张面膜躺在我家，脖子底下垫着两个枕头看电视都够费劲儿的。

他终于放弃了，艰难地平移身体将遥控器摆回床头柜上的小置物架，再一寸寸蠕动回标准做面膜姿势，左右两手伸出拇指和食指张开成书名号形压住嘴角，说：“要不这样，就说我们俩有分歧，你想要小孩儿，我不要。”

“呸，”我一张嘴面膜顿时滑溜溜地移位，只好也跟他一样傻兮兮地抬手按着，“婚都没结谈什么要不要小孩儿，一听就是明显让人劝你赶紧和好的信号。”

“那怎么说？我总不能让你替我出柜吧？马上就要有男朋友的是你不是我。”

“什么叫马上要有男朋友，我跟那谁关系正常得很。不然直接说你不能生？这下直男形象也保留了，家里也不会着急催你结婚。”

“你才不能生，我可没缺陷！”

“实在不行就说相处久了没感觉了，还是当朋友好？”

“这是我本年度听过的最假的笑话之一，亲，再包个邮你就无敌了！”

“哎呀，其实分手哪有那么多为什么？不知道多少人糊里糊涂就散了，身边也没谁特别在乎原因。要怪就怪你伪装得太周全，我们戏太逼真，人家以为多好的一对忽然分了。”

“不然我带你回个老家，你想想办法得罪我妈？”季然这下真是神来之笔，管用倒是管用，可我得舍生取义当烈士。以后想跟季然同学保持友好邦交的可能性几乎为零。

“滚远点儿你，这种壮烈牺牲的事儿我才不干。”

“要不咱们想想，下回再说？”

“行，回头继续想。”

我答应着，眼角的余光瞥见季然又贼心不死地磨爪霍霍向遥控器伸去。

诸如此类的讨论终归以不了了之告终，好歹季然正式结束了伪装直男的生活。

傅明和我仍旧常常见面，比以往几年频繁得多，也正常得多。我们看起来真的像两个纯粹的朋友，将以往的破事儿摆在一边，尝试重新认识。我知道这说出来很不可思议，但我内心似乎真的有些什么感觉在逐渐平静——不是行将消失，也不是变淡，只是开始不再耿耿于怀。

他的确跟从前不同了。他似乎很安于现状，这是我从未在他身上看到过的东西。我不清楚是好还是坏，唯一能确定的是，在某种程度上他也逐渐显露出疲态。

最不可思议的是他竟然不再很早去工作，而是过来跟我一起晨跑。自从我认识他以来，他从没有像现在这样踩着点儿上过班。

我每年冬天过完开始晨跑是为了保持体态，让夏天不至于太难看。他说他晨跑是因为这些年都走得太快，没有认真生活过。我曾一度怀疑这句话从他嘴里说出来的真实性，其实或多或少也心知肚明：一段感情能改变人多少，仍是个没有确定答案的谜。自从那次之后他再也没有提过有关他上一次恋爱的话题，我不知详情，也不打算好奇。

我们之间开始保持老朋友的状态，彼此适度关心，一起做些无关紧要的事。

今天早晨时间还早，我们跑完步便坐在公园的长椅上休息。虽然暖气早已经停了，早晚户外依旧有点儿凉。刚刚跑得发热的身体在冰凉的空气中感到浓重的倦意。聊着天，我心不在焉地打出了今天第一个哈欠。

“要不你休息会儿？”傅明示意我枕在他肩膀上。

“不了，真睡着了怕着凉。”

“不怕，我暖和。”他抬起手绕过我的肩。

他好像连话都比以前少了。认识他这些年，我第一次突如其来地感觉到，他已经不再是当初在图书馆邻座写字条告诉我填字游戏答案的男孩儿。他的肩从前就枕着很舒服，不胖不瘦，当你睡着他还会一动不动。第一次这样把头缩在他肩上睡着还是好几年前上学时，我去他宿舍一起看《阿甘正传》，年纪小时没心没肺，看到脏兮兮的战争画面就犯困。于是毫不犹豫地睡着了。

分手许久之后，我终于在一个周末自己重看了《阿甘正传》。至今我还清楚地记得珍妮抱着吉他在台上唱歌的情节，就连那首民谣也动人得无法形容：

需要走过多少路，一个男人才能被称为男人？

需要飞越多少重海洋，一只鸽子才能在沙滩上安眠？

我的朋友啊，答案，都飘在风中。

答案都飘在风中。

…………

九年并不长，回忆起来却好像很久远，尤其在困意袭来的时候实在是很倦。

我听见傅明轻声说："你睡吧，我不走。"

睡吧，我不走。

我不知从哪里来的安心，听话地闭上了眼睛。很久没有体会过这种毫无焦虑的睡眠了。记忆中跳动的一点火光转瞬就将熄灭，此时此地，除了空白之外什么都没有。

等我睁开眼睛时，脖子很酸，一看表已经超过九点半。我睡了一个多小时，以这种姿势。

"你怎么不叫醒我？"我看着傅明在那儿活动肩膀，问。

"跟你说过，你睡，我不走。"

"你迟到这么久没问题？"

"有什么办法，你睡得像猪。"他倒先不紧不慢地笑起来。

没有沙尘的时候天难得地通透，我看着眼前这熟悉的景物，竟然有种陌生又新鲜的感觉。原来看过千百次的风景也会像新的，只在于有谁陪在你身边。

我也站起来活动酸了的脖子：“我才不像猪，我又不打呼。”

“嗯，树懒比较合适。”

“你是树啊？”

“随便吧。”

“你也会说随便？”

“我会说的多了。”

“比如？”

“比如看见你睡醒，觉得很幸福。”

“你又不是没看过。”

“只是没想到还能再看见。”

“你没想到的事也多了。”

“我不否认。”

…………

大概我和傅明之间的关系总是会糊里糊涂地改变，这一次，彼此都不打算深究。

时间总是诚恳的，它公正地磨掉了我们各自内心里某个自以为会永远存在的部分。我们相识的往日并非三言两语可以概括，至少到今天，我们不再痛恨记忆，虽然它们曾经留下伤口。我只需知道某个人改变了他，那个人不是我，这并不是我能够掌控的事。

长大成人后每个人都会明白：完全可以由自己掌控的事情又有几件呢？除了过得开心或不开心。

而我，对他的感情坚持了那么多年，我已经不知道从哪里再找回当初的心力，与另一个陌生人从零开始一砖一瓦建立起彼此间的信任感和亲密感。

似乎我们有了原以为绝不可能的第二次机会，将过去的记录擦除，重新来过。

看似他过尽千帆后终于明白谁是他应该爱的人。看似我等了许多年终于重新遇见了比从前更好的他。只是我们都知道，这些其实与我们最初想要的并不相同。

年纪小的时候总坚信未来我们能遇到最好的人，更好的爱。

直到在逐渐开始老去时才懂得爱这种东西必然的结局：它只是个选择。

他曾经爱过的人使他变成了更好的人，然后他选择了他认为值得的人。我曾经爱过的人已经不存在了，图书馆里穿条纹上衣的男孩儿的身影早已在时间流逝中消失殆尽，我选择的是填补曾经的遗憾，结束那么多年的不甘心。我清楚地知道，当年我爱的男孩儿不曾用同样的心情爱过我，只是当我们在互相辨认中逐渐老去，谁能有更好的选择？

最小限度，谁曾想过得到自己期盼了多年的结果时，随之而来的感觉并非欣喜而是如释重负——总算到结局了，总算松绑了。我可以丢掉遗憾继续轻快地生活，想过得快乐就别再深究。

但，难道我们不幸运吗？谁会说不。

我们在

互相辨认中

老去

/

/

Season 3
钟子筠

“那些即将来临的与已成过往的，较之始终深埋于我们内心的皆为微末。”

——拉尔夫·瓦尔多·爱默生

我叫钟子筠 34岁

我坚持过荒谬的念头，也放弃过合情合理的选择。

人人都认为世上的事总是开始容易坚持难。

然而经过这些年我逐渐开始明白：坚持从来都很容易，难的是决定什么时候放手。

其实年岁渐长这一事实不会带来任何答案，真正改变我们的不是时间本身，而是一个又一个不期而至的契机。

我的导师曾给我讲过一个故事：一位荷兰农民看着自己的庄稼凋零，为了维持生计只好去远航的商船上工作。反时节的飓风把船吹到了印度尼西亚，他播下第一颗种子。400年后，成了爪哇咖啡。

世间万事万物都有内在联系。无须犹疑太多，做你认为对的事，然后静待豁然开朗的那一刻。

E 01 献给阿尔吉侬的花束

舞台布景已经全搭起来了。

大厅里有点儿吵，音响师正在反复调试。演员走着场，坐在台下的我们几乎听不清一句对白。每一幕每一个动作每一句台词都磨合过千万遍，所有人之间已存有无须听见声音的默契。

台上进行的是倒数第二幕，凌乱的房间里到处散着录音带、旧书和碎纸屑。

男主角查理坐在中央大发雷霆。他挥动双手阻止女友替他收拾东西，脸上恼怒的表情里混杂着羞愧，刻意偏过头不愿正脸对着她。他说着什么，咬字沉而笨拙。

只能隐约看出嘴形。

我脑海中不由自主地同步补着台词：

“不准整理那些东西！”

“为什么你能忍受这些呢？”苦恼的女友爱丽丝反问。女演员伸手试图扶额，又烦躁地放下了。她无所适从，她很焦虑。

查理还在刻意躲避她的目光，终于站了起来转过背去。他双肩紧张僵硬，像边说边喘气般：

"我要东西就保持原来的样子，不要动它们！你无法了解人体内渐渐发生变化却又无法触及无法控制的那种感觉，仿佛一切都从指间缓缓流逝，却无法阻止它发生。我想，现在该是你离开的时候了。"

他背对着观众席，听不见声音也看不见嘴形，却有一种我平时未曾发觉的奇妙的感染力。仿佛庞大而混乱的世界上某个角落里正上演着一段默片，旁人匆忙地来来去去忙着他们自己的生活，无人驻足，无人聆听——彻底的悲剧是发不出声音的，它像一枚小石子跌进洪流，瞬间被淹没。永远有比它更大的石头，甚至有时一颗水滴都比它沉重。

在庞大的命运面前，每个人都只是实验室里的小白鼠阿尔吉侬。

我看得出神，都没留意范蕾是什么时候进来的。她今天下午有课，能来剧院想必已经傍晚了。不知不觉我又已经在这儿待了一整天。

在此之前我没有写过话剧，第一次应对不同以往的故事容量。一部话剧时间和空间的限制比电视剧微妙太多，所幸有范蕾互补。两个多月前剧本刚刚出第一稿的时候，范蕾和我就坐在眼前这舞台的正中央，周围一个人也没有，除了她、我、地板上摆着的电脑、素描簿和快餐包装袋。我们讨论着每一幕每一个人物的位置、动作，素描簿上圈圈点点。外面天黑下来时还是只有她和我，只是更多了几只歪倒的空咖啡纸杯和快餐包装纸……第二天，空荡荡的舞台上除了我们俩之外多了导演和舞美。

再到几天之后，我们身旁每一个座位都会坐满观众。

做编剧的第十年，此刻我居然有种前所未有又无法形容的奇妙感觉。凡事都有第一次，而我清楚它的特别。这部剧对于我不仅仅只是一项工作而已。

倒数第二幕走完了，到半小时晚餐时间。

站在身边的范蕾拎起一个纸袋拆开口，闻着还挺香。纸袋上印着剧院外马路对面的一家快餐厅标志。

“全麦面包，金枪鱼，不要洋葱和芝士。”她打开袋子掏出一个裹得严严实实的三明治递给我。

“谢谢。”我接过来小心地拆开包装，她动作比我快，我还没剥完她已经坐下吃上了。番茄培根。这段时间我们俩坐在观众席上吃饭已经成了固定项目，有时候是剧团的盒饭，有时候像这样每人一个街对面的三明治。

正式演出时连一瓶水都不能带进观众席，此时此刻这个场面便显得尤为有趣。

“哎，你今天几点来的？看到改过的窗架了吗？”她问。范蕾是我见过的吃相最好的女人，自然又整洁，还能边吃边聊，丝毫没有故意讲究仪态的痕迹。

我就没这功力。为了不把酱掉到身上或者座椅上，我和我身边的“危险区域”用纸巾盖得严严实实。

“上午10点多吧。我来就看到他们在搭布景了。窗架改了之后自然多了，中间推开跟一边推开感觉完全不一样，一会儿吃完你也自己试试。”

“我就算了，免得一激动给推坏了。等会儿看看彩排效果就行。”

“你别说，导演老不乐意了，一天到晚跟我念叨：这不是电影，舞台空间是固定的，观众视角也是固定的，一件小道具最要紧的不是突出而是和谐。”

“让他叨叨呗。”范蕾毫不在意地咬了一口三明治，“说实话你是钻得太细了，但这不代表没有必要。”

“绝对必要。爬窗那场戏是女二第一次出场，推窗的动作直观地给出第一印象。当然这点我只能私下跟他讨论，毕竟当着大家的面得尊——Shoot！”正说着话，一坨浓浓的蛋黄酱掉下来正中大腿缝儿，看它的重量一张薄薄的纸巾绝对兜不稳。

“哟，通常这状况不该是‘shit’（该死，本义为狗屎。）吗？”范蕾笑起来。

“滴落不明物体的状况要小心措辞，”我卷起腿上的纸巾扔进垃圾袋，“鉴于掉下来的酱长成这样，要是‘shit’搞不好引起你的联想。”

“你快淡定吧，我天天早上先清理猫砂后吃早饭，一点儿shit算什么。”

“来，既然如此，那你多看几眼我的酱。”我把还剩一小截的三明治凑到她跟前。

她伸手要推：“你几岁啊？挪开——”

“哎，别推，一会儿再掉一坨我就悲剧了。”

“再来一坨多好，刚才大腿缝儿，现在事业线，来来来。”

…………

吃完饭离继续彩排还有十来分钟，我们出去扔垃圾袋还能顺便散会儿步。

回来不到两年，我已经重新喜欢上这里的冬天。LA（洛杉矶）冬季多雨，空气湿暖；这里干燥晴朗，虽然冷却有种干脆而宽厚的触感。正因为这里风很大，一间叫“家”的公寓才会有那么明显的安全感和归属感。或许离家太久会让人有这种需要——通过一点一滴的线索在自己内心重新构建家的概念。体会到它，它才存在。

剧场斜对面是一座铁灰色的人行天桥，桥下车流时而拥堵时而流畅，我们每天都从桥上通行。

十多分钟不能溜达太远，我们路过天桥走到路口的报刊亭就折返。

范蕾像忽然想起了什么，从大衣口袋里摸出一张便条纸给我："今天中午有人打电话到前台找你。"

那张便条从中间对折，隐约的折痕中央只有几个字母，没有电话号码。

"前台小徐接的，让我转告你有空回电话。"她补充道。

"好，谢谢。"我合上字条收进包里，问，"小徐这回又有什么新猜想？"

"你管她瞎猜什么呢！反正她也就那几个思路。哦，对了，她说打电话给你的男人是英国口音。"

"知道。"

"所以的确是你的熟人？"

"不算太熟。"

"人家小徐神秘兮兮地告诉我，那个人管你叫九妮（Joanie）……"范蕾故意学着小徐的腔调嗲嗲地说。不仅语气，口音和神态都模仿得跟小徐本人一样。

我也忍不住乐了："九妮？还大表哥呢！"

"你当这是拍唐家屯啊？唐家屯里哪有九妮哦，严肃点儿好哦？"她整个人暂时进入了小徐附体模式，居然还顽强地没有笑场。

"二蕾你才严肃点儿'好哦'？"

"好，我严肃点儿。你身上带了什么能听音乐的设备没？不要手机，要我能带走的。"范蕾的思维是呈跳跃式前进的，常常前一秒还在 A，后一秒就越过 BCD 直接跳到了 E。

“包里有个播放器，我找找。”我低头翻了翻包，找出来给她。

她一把接过来：“救命恩人啊！我放办公室的移动电源不知道哪儿去了，出门前找了半天都没找着。自己的充不了电，今晚要是没有这个，健身房得把我吵得生不如死。”

“所以说你今晚不陪我蹲这儿了？”

“你也别蹲了，早点儿撤吧。导演想掐死咱俩也不是一天两天了。”

“只要他解决好所有细节问题，我英勇就义让他随便掐。”

“那你慢慢就义，我替党和人民感谢你。温馨提示啊，日复一日坚持不懈地对牛弹琴是病，得治，知道不？”

“少废话，要撤赶紧。”

…………

刚刚看着范蕾上车没几分钟，手机响起短信提示音：

“见了个鬼的，移动电源找到了，就在我包里。”

唉，用她的话说，一定是跟我在一起待久了，她才会被传染得这么二。

E 02
160 华氏度

彩排结束回到家已经是午夜，客厅的挂钟显示 12 点 41 分。

从 41 分钟前开始，我 34 岁了。我知道白天打来电话的是谁。

傍晚我对范蕾说的并不假：他跟我不算太熟，甚至有很长一段时间我都不确定我们算不算得上朋友。

我们之间没有不愉快的回忆，或者说根本没有太多回忆。

现在距离我们上一次见面已六年有余。

我打开那张字条，又再折起。

上面没留电话号码，他知道我有。无论我搬到哪里，电话换了几次，他的号码我一直都存在电话簿里，既没打算打给他也没打算删除。

时钟指向凌晨 1 点，现在他那边正是下午六点。

我拨通了电话。

他的声音从听筒中传来："Joan？"

已经有一段时间没听过别人这样叫我了。

电话那端的声音熟悉而清晰，隔了六年再听见这声音似乎有一点儿变化，比从前浑厚了些；又好像一点儿也没变，只是我记得不那么确切。

他接起电话的第一句话不是没有语义的音节，不是放之四海皆准的问候，而是我的名字。一个单音节，也不是昵称。

我一时间有些许犹疑：该怎么称呼他？Joseph？Joe？Joey？朋友之间由亲密程度决定彼此的称呼，我不确定我们该分到哪一类。

于是我能说的只有客套的问候。

茶几光滑的表面倒影出我手握电话的样子。六年前的某一天，我也曾这样看着面前的玻璃映出自己的脸，那时的眼神，那时嘴角的弧度都显得那么快乐。仿佛明天永远不会来临。

“生日快乐！”他说。

“谢谢。”

“听说你的话剧要演出了，很为你开心。我知道你有多爱那本原著。嗯——也许我们明天可以一起喝杯茶。”他说的不是吞音严重的伦敦音，而是纯正的一板一眼的标准腔调。我几乎要忘了他说话声有多好听，不管说出多么不可思议的事情来，听到都会毫不犹豫地相信。

可他说的是明天见面。隔着七小时的时差，这话听起来却全然不像玩笑。

“明天？”我问。

“明天。”他确定地说。

“Joe。”

“嗯？”

“我这里现在已经是你那里的明天了。”

“我这里也是凌晨一点，Joanie.”电话另一端他似乎笑了，呼吸声很轻，带着似有似无的暖意。

…………

挂断电话后，我再次打开那张字条。

他没有留下电话，更没有留下他的名字——Mr . Gordon 是六年前遇到他时我手上那本小说的男主角：查理・高登。那本书的作者是丹尼尔・凯斯，书名叫《献给阿尔吉侬的花束》。

我无法否认自己曾无数次猜想过，假如某天他来电话时会是怎样的情景。比如在我半梦半醒的清晨被一个意外的电话驱走睡意；我站在黄昏的街边等出租车时，回忆从电话另一端毫无预兆地涌向耳边；在我与朋友聚会的中途，喧闹的背景声忽然模糊了，唯一清晰的是电话里传来的声音……在我如往常般经过前台时，有人递给我一张便签纸，上面写着一两句简单的留言和简单的姓名首字母：J. T.。就像我一直留在书柜里的那张六年前的旧纸巾。

我猜到过此情此景，却没料到他还记得查理・高登。

六年前，我第一次也是唯一一次去伦敦。

刚到达的那个午后，旅途的倦意还未散，从酒店出来便径直进了对街一家咖啡馆，打算哪里也不去发呆一下午。伦敦街头最不缺大大小小的咖啡馆，我进的这一家似乎人不少，胖胖的女服务生站在柜台后，慢悠悠地一一接待排队的顾客。

我端着咖啡离开柜台打算找地方坐下。窗口的桌前都满了，店内其他地方空位也不多。倒是门外遮阳棚下临街的露天座位还空着。我不介意坐在路边，尤其是门外还蹲着一间红色的电话亭。

绕过陈列着糕点的柜台就是我刚刚进来的玻璃门。门有点儿沉。我一手端着咖啡一手推开门侧身钻出去，还没转过背来就迎面撞上了一个边往里走边讲电话的人。手里的咖啡杯二话不说迅速倒下，热咖啡卷着奶泡顿时滑溜溜地泼了我一胸。

真烫。不知道胸部中枪是不是就这感觉……

撞到我的那个人匆忙挂了电话，连连道歉。他拉着我的胳膊想上前看有没有烫伤，又觉盯着胸不妥，退开了一点儿。这状况尴尬中还带点儿滑稽。

我低着头，最先看到的是他的手。手指白皙瘦长，指甲很短很干净，那平整光泽的样子一看就是护理过的——男人还专门护理指甲，看来我真是到了大腐列颠无误。我抬起头刚好迎上他的目光。

他摘下了太阳镜。瞳孔的颜色不深，背着光看上去像是浅茶色。这下我终于认出了那张并不算好看的脸。

倒也不是难看，只是在这个盛产美男的地方他显得太过普通。如果以裘德·洛年轻时的外形为标准，那么眼前这个勉强 70 分。

这些年的肥皂剧没白看，这个 70 分的是张熟脸。别当酱油不是调料，酱油打得多了，万年路人也可以很脸熟。指甲护理似乎也合理了：人家演员嘛，讲究形象是必须的。

不得不说英国人民就是淡定，围观群众注意的是一个胸部糊满咖啡渍的外国女人而不是某熟脸。服务生拿来一张湿了凉水的餐巾布，我也顾不得仪态，道了谢接过来就盖在胸前。

“真对不起。你烫伤了吗？要不要去医院？”他问。他的声音倒实在是好听，浑厚却通透无杂质，像成色不错的墨水晶。

“应该不用，不会那么严重。”我可不想来伦敦的第一天就在医院排队度过。

他又问：“你的咖啡是刚刚做好的，对吗？”

见我点头，他接着说下去：“那应该有 160 多度，你确定没有烫伤吗？”

160 华氏度听起来怪吓人的，我不由自主地抬手捂胸：“不好意思，我先去洗手间看看！”

说完拔腿就往洗手间冲，店里还有好心的客人给我指了指方向。最感人的是围观群众中居然没有人拍照。

到了洗手间，小心翼翼地揭开那块湿餐巾，胸前的皮肤烫得发红，倒是没有肿也没有水泡。感谢有人发明胸罩，多半咖啡都喂了胸罩表层和贴身的白 T 恤，顺流而下的咖啡渍跟泼墨一样壮观。

我开着凉水清洗了一阵，捂上餐巾出门又是一条好汉。

推开门便见到一张露天的桌边坐着刚才那个“70 分”。太阳镜回到了他脸上，桌上摆着两杯咖啡。

E 03
《阿尔诺芬尼夫妇像》

从来没想过会有这么匪夷所思的遭遇：到达伦敦不过三个多小时，我就一身咖啡渍地跟一个陌生人面对面坐在街边聊天。

看他坐在那里等着，我有几分不好意思："其实你不用重新帮我买一杯咖啡。刚才的事不全怪你，我自己侧着身出门没看路。"

"我知道不用，但是我想。"没想到"70 分"笑起来这么可爱。

"谢谢。"我端起面前的杯子，喝了从飞机上下地以来的第一口咖啡——速溶的不算。杯里是加全脂牛奶的焦糖拿铁，跟被泼掉的那杯一模一样。他撞我就是一秒钟的事，这样都能闻出内容来？

他没等我问就主动招了："我问过店员。"

"给我递餐巾的那个吗？"

"给你做咖啡的那个。"

我们一起笑了起来。

他从身边的一张空椅子上拿起一本小说交给我："我想这个应该是你的。刚才你去洗手间时包掉在地上，这本书在包下面。"

"噢，你不提我一定全忘了。谢谢，"我犹豫片刻，还是说出了后半句，“你真人比电视里看着高很多。”

他有点儿惊讶，脱口而出：“你认识我？”

“我不应该认识吗？”

“不，我的意思是……有点儿意外。很荣幸。”

“意外的是我见到你后没有激动地扑上去要签名？”

“噢，不，那种事儿从来没发生过。”他毫不在意地否认，“倒是有一次在松林片场，我见到一群女孩子等在外面大喊‘J.T.’，我又惊讶又感动，接着看到了贾斯汀·汀布莱克我才反应过来她们叫的是谁。”

如此糗事他说得还挺欢乐，像在讲别人的笑话一般。

“千万别告诉我你还走过去热情回应了她们……”

“感谢上帝，幸好我发了几秒钟呆。”他端着杯子抬起手，圆圆的白瓷杯遮住了他的下巴，只见到带着笑的眉眼和脸颊的弧线。

同样的姓名首字母 J.T.，1981 年出生的贾斯汀·汀布莱克早在 12 岁时已经成名；1974 年出生的他 32 岁还是路人甲。连我稍微一想当时的情景都觉得挺悲摧，他讲起来却坦然得很。

我顺手拎过包来翻——里面唯一能用来写字的物体只有一包纸巾。

“能请你签名吗？”我抽出一张纸巾摆在桌上展平了推给他，“抱歉，凑合凑合吧，否则只能签在我护照上了。”

“呃——”他略有迟疑。

当我正以为他有点儿介意这是张纸巾的时候，他带着几分不好意思问道：“你不会刚好也带了笔吧？”

最后他握着跟服务生借来的笔小心地埋头在纸巾上缓缓开始写，那生怕划破了纸的认真样子，看上去就像是个给陌生女同学留电话号码的小男孩儿。

“Joan Chung.”我请他写上我的名字。毕竟这张纸看起来太像个玩笑，希望诚恳一点儿不会让他有这种感觉。

“我知道。”

“嗯？”

“你刚从LA来。”他耸耸肩，“抱歉，刚才你包里很多东西都掉了出来。包括登机卡。”

“Jesus fucking Christ（耶了个稣的）……”我脑海中立刻浮现这样的画面：我双手捂胸奔向洗手间，面前这个高个男人弯下腰替我收拾散乱一地的小物件。如此情景陈列街头简直是教材级的示范画面，可以解读出各种版本的剧情，按狗血程度一到五颗星排列。

他也觉得好笑，但嘴上仍抗议我刚才说出口的词汇：“嘿，我是天主教家庭长大的。”

“不好意思。”

“其实没关系。”

“我知道。”

“别告诉别人我说没关系。”

“只要你别告诉别人今天发生过什么事儿。”

“成交。”

他写好了，将纸巾递给我。

软而皱的厚纸巾上写着短短的一句话：Joan，记得别用这张纸擦手。J.T.。

…………

那本《献给阿尔吉侬的花束》就这样躺在我们手边，陪我们聊了半个下午。

那年我27岁。年轻似乎意味着不可理喻的勇敢，一身咖啡渍陪着我们穿过特拉法加广场，逛进国家美术馆，直到天完全黑下来。我住的酒店跟咖啡馆只隔了一条街，而我当时所做的事只是穿上外套，再从包里找出围巾，让身上的褐色水痕看起来像衣服本身的图案。

年轻时的勇敢不外乎“不在乎”三个字——没什么可顾忌的，没什么可损失的。穿一件泼了咖啡的上衣有什么要紧？反正又不用觐见女王。

当时我还只是个助理编剧，大部分工作都是啃资料以及帮着梳理剧本细节。那年六月我刚好有一段假期，假期不短，于是回国在家待了两个星期，接着去伯明翰探望好友，只是路过伦敦短暂停留。

有时候短暂的往事仅仅是往事，而有些时候却成了随身的行李。

我不觉得重也不觉得轻。

此时此刻身处大洋另一岸的我已经34岁。那个曾带着满身咖啡渍毫不在意地走在异国大街上的27岁女孩已经不存在了。老去与成熟并非同一个概念，却总是在步调一致地同时发生。

这些年我并非不知道Joe的近况。舞台剧、电视剧、电影、颁奖礼……他近两年在公众面前终于也出现得渐渐频繁起来。36岁开始成功，严格来说算不上大器晚成，只是在我当年遇到那个名不见经传的小演员时，未曾想过这些年我见到他的方式——他在屏幕上，我坐在电影院里，手中的爆米花从温热松脆到冰凉黏腻不过是两小时，在有限的人生里能偶尔花两小时想念一个人，已经很足够。

不知道这次再见面，我们会不会吃惊彼此的改变。有些改变看似微小，却能让你成为对方眼中截然不同的另一个人。因为你永远都解释不清楚：自己为什么会因为如此无关紧要的细微的部分而记住一个几乎全然陌生的人。

事实上，我并不在意缘由，因为我们彼此都曾以为永远不会再见。

显然这世界上没有什么“永远”，包括永远不分开和永远不再见。

只是那时不知道。以为只要愿意就能把不需要记得的插曲当作没发生过。

记不清那天下午我们谁先提议一起去国家美术馆，只记得到特拉法加广场时已经超过了四点。国家美术馆周日到周四只开放到下午六点，我们一路小跑穿过广场没有停留，纪念碑、鸽子、行人从视野里匆匆擦过。因此，我记忆中特拉法加广场的轮廓像是被缩成了一句庞德的短诗：“湿漉漉的黑色枝条上的许多花瓣。”

朦胧也好具体也罢，都是印象。我不纠结这个。

美术馆一楼展出 1750—1850 年的画作，我们停在了特纳的《无畏号战舰》前。准确地说，是我看见它就停步了。

平静的河面上，无畏号战舰背对夕阳，由一艘蒸汽拖船拖着完成它的最后一段航行——从希尔尼斯拖至罗瑟希德船坞肢解。夕阳晕染下的云层和水面仿佛往日特拉法加海战的余晖，它们的前面正升起一轮新月。

迟暮的战舰与沉落的夕阳寂静地对视，它们似在彼此辨认着对方老去的形态。

它们犹如蒸汽时代渐渐模糊的庞大的背影，即将在未来到来之时缓缓消散。

旧的生命终将被新的取代，画布上留存的只是它们在离去之前对这世界最后平静的一瞥。

我向来不懂美术，就连刚才路过凡·高那幅著名的《向日葵》时，也只是看看就过而已，从来没有预料到自己也会这样长久地盯着一幅油画。

“夕阳的色彩真美。”我仔细地看着画中夕阳的光影。

他微微侧过头，说：“1839年特纳画这幅画的时候已经64岁。他注重空气、光线和色彩的渲染，画中的云层和水面采用厚涂技法，所以看起来情绪很饱满。夕阳描绘的不仅是‘无畏’号的命运、英国海军昔日荣耀的余晖，也许还或多或少带有画家自身对老去的感触。”

“人肉搜索器？”我也侧过头看他，这才发觉站着时，我的目光只能勉强平视到他的肩膀。

他笑起来：“我也不是全记得，之前给一部讲美术馆的纪录片做过旁白。”

在美术馆的灯下，再一次近距离看到没有太阳镜遮挡的他的眼睛。我惊奇地发现他的瞳孔并不是茶色，而是一种不明显的灰绿色。算是工作环境附带的福利，我看过很多澄澈漂亮的蓝眼睛和绿眼睛——通常被形容成“湖水”或“宝石”，一见难忘的那种。而眼前这双不近看甚至不容易看出绿色，眼里温和的光泽像初露微光的清晨披着一层薄雾。第一眼并不觉得，细看之下美得很。

再耐看也不能老盯着看，我移开了目光：“那你最喜欢的是哪幅？”

“所以这一幅是你最喜欢的了？你连一楼都还没看完。”

“这要凭直觉的，你总不能跟世界上所有女人都交往一遍才能明白你最喜欢谁，对吧？”

“《阿尔诺芬尼夫妇像》，我最喜欢的一幅。”他笑笑，回答了上一个问题。

后来他带我去看了那幅油画，是幅色彩饱满、细腻温润的生活画面。他说他喜欢这幅画的氛围，尤其是画中墙上的小圆镜里能看到新婚夫妇的背影、画家的倒影和房间的窗。

如果说我们之间曾有过什么真实的感觉存在，便是从那一刻开始的。

面对着一幅温暖的画，我们突如其来地同时感受到自己内心所向往的生活画面——平庸、富足、安宁、温暖。仿佛某种关联悄悄产生，我们两个截然不同的陌生人在同一时刻憧憬着相似的未来。

当两人做着类似的梦，短暂的片刻共鸣已足以让人有幸福的错觉。

伦敦有 700 万人，走在街上每分钟都有无数次机会与陌生人擦肩，偏偏撞到我的是他而不是别的任何人。我不信有命运的安排这回事，那一刻却任由一股荒诞的宿命感肆意蔓延，直到那热度融化开来塞满胸腔。

我背靠沙发，最后一次折起手上的字条。想随手扔进废纸篓，却还是将它展平，在那一排字母下面写上了明天约好见面的时间，拿冰箱贴贴在了冰箱上。

E 04 最后的佳人

第二天我睡到中午才起床。

距离话剧公演只有一天，越是临近居然越轻松起来，丝毫不感到担忧或焦虑。它已经日渐成熟完好，是我该感觉到轻松的时候。从第一次读原著到将它改编成话剧已经等了六年多，没有理由连最后一天都等不及。而且，今晚还有两节课。

下午两点半，我在酒店的咖啡厅里见到了 Joe。

电梯上升时全然觉不出一丝紧张或激动，直到看见一个熟悉的身影背对着我坐在靠窗边的某张桌前。楼层很高，日光透过玻璃毫无障碍地照进来，他的头发被光线晕染成一种很浅的亚麻色。他听见高跟鞋声回过了头——还是当年那张 70 分的脸，只是稍微瘦了一点儿；他灰绿色的眼睛带着笑意，像林间清晨的光，平静又温和。

桌上摆着盛茶点的三层塔，第一层里三明治没有动过，下面的草莓挞和泡芙被吃掉了几颗，他杯里茶已经见底。

看来他到得比约定的时间早许多。

那一刻我恍然感觉到胸中有什么东西在爆破，却听不到回响。

一旦你爱过某个人，对他的记忆就变得尤为具体。当时过境迁之后再见面，你最先记起的总是那些往日最亲密的时刻。感官记忆由皮肤开始，接着渗入体内，直到最后大脑才恍然释出一股悲喜难辨的茫然。

回忆虽然短暂，它们都还如此鲜活。

“生日快乐。”这是我坐下后他说的第一句话。我一直不知道该如何精确地把“many happy returns”转换成中文，它比“生日快乐”四个字好像多了点儿什么。我不确定。语言有时候仍会让我觉得困惑。

“你今天凌晨已经说过了。谢谢。”

“我知道，但是我想说。”

他没变。至少，我所了解的那微小的一部分还跟当初一样。

“你怎么会来的？”我问。

“前天我到东京——”

“出席首映。我知道，看到新闻了。”我不是不知道他的近况，看新闻时只是以为他早已经回去。

他笑着把面前的瓷杯把手转了转：“看到我系了条很傻的领带对吧？”

“没有，你只是穿了双很傻的鞋。”

“不可能，除了你没有人说它傻。”

“还没恭喜你——前阵子的影评人协会奖。”

“谢谢。”

服务生过来替我加茶具。托盘里的小碟子、茶杯、茶匙一一轻轻地摆好，倒了茶，又像来时那样礼貌地面朝着我们往后退了几步才转身走开。

鲜奶罐在 Joe 的右侧，他端过来摆在我手边。

这情景似曾相识。仿佛六年前我在伦敦停留的第二天下午，今天不过是换了座城市将那一幕还原。

我让他继续刚才只说了一半的话题："你前天到了东京，然后呢？"

"昨天早晨起来，我从酒店的窗口看到外面一幢大楼上的巨幅广告。广告上的女孩很像你。然后我意识到，来见你只是四个小时的飞机而已。"他说话的时候表情很平静，语气也如常，像是在认真陈述某个事实。他似乎完全不知道自己刚才说的话有多动人。

酒店的咖啡厅里客人向来不多，今天尤其少。半空着的大厅里，音响低低地播着克里斯・波提的小号演奏唱片。

我一时不知该如何应答。

他把手机递给我看，一脸真诚坦白的表情。那是一张他拍的酒店窗外照片，那幅护肤品广告海报上的人是仲间由纪惠。

他居然是认真的。我本以为那不过是句好听的话而已。即使是真的，除了让我在以后想起他时多一点儿新的记忆之外，别无其他可能。我实在不愿意想得太深。

我对着屏幕看了半天，仍旧觉得有点儿不可思议："你是说，我，像她？"

"不像吗？"

"好吧。"好吧，或许老外对亚洲人都多少有点儿脸盲。

"在美术馆里，你看画的神态跟这一模一样。要是你当时能看到自己的表情，你也会觉得很像。"

"说真的，我一共也没看懂几幅画。"

"至少有《无畏号》。"

"嗯，至少还有《无畏号》。"

提起共有的回忆片段，我们又一次相视而笑。时隔六年突然重见，我们坐在这里似乎只是在试图验证过去的某一时刻是真实存在的。那就是曾经的我们。所谓“叙旧”，更像是手握着时间的标尺，按图索骥地重遇曾经的自己。

上一次见面时他 32 岁，我 27 岁。

今年我 34 岁，他已 39 岁。再过几个月，六年前的记忆马上要变成七年前。

人人都通过互相辨认来确定时间的流逝。有些故事再发展一个世纪都不会有结局，而我们早已各自开始老去。

我不知怎么的，记起了菲茨杰拉德的小说《最后的佳人》的结尾：

“当我在高及膝盖的灌木丛里到处走动，想在一块护墙板，或一排屋瓦，或一个生锈的番茄罐头里寻找我的青春之时，出租车司机宽容地看着我。我竭力想找到一丛我似曾相识的树林，但是此刻天色渐暗，我不太确定哪里是我要找的树林……不，细想起来，它们不是我要找的树林。我唯一能确定的是，那个曾充满生命活力的地方已经消逝了，仿佛从没有存在过似的……南方对于我来说，会是永远的空虚。”

我早已明白这世界上已不再有记忆中那“一丛似曾相识的树林”。它们不存在于任何地方，它们已经过去。

而 Joe，你要找的是哪一片似曾相识的树林？

是初见时那个时阴时晴的午后，是傍晚人头攒动的广场，是美术馆柔和灯光下某一幅画的色彩，是街灯亮起时沿着河并肩散步的画面？

那天从美术馆出来后，我们绕过查林十字广场散步到河边。伦敦的主要建筑大多分布在河两岸，夜色里看来感觉竟然跟白天没有区别。鲜红的巴士驶过青灰的街，街角立着同样鲜红的邮筒和电话亭；浓淡各异的灰色仿佛包容了一切色彩，灰墙、白光、阴影，建筑轮廓与形态如这座城市的往事，层层叠叠都停留在古老的街道上。

他问起我有没有想过在伦敦要去些什么地方，我回答他破釜酒吧入口和九又四分之三站台。

“不想看魔法部入口吗？”他的口吻像是马上就要带我去。

魔法部入口是一间背靠建筑的红色电话亭，我看着满街的灰墙和红电话亭都差不多，他能带我去实在是意外惊喜。

“在哪里？”

“从我们现在所在的位置走过去10分钟而已，魔法部入口就在大苏格兰场街的路口，”他偏了偏头示意往哪边走，“走吧。”

我们并不赶时间，却还是不由自主地加快了步伐。只不过刚刚认识了几个小时而已，我莫名地觉得跟他相处有种奇妙的安全感。他似乎天生就有让人安心的能力——只是简单并肩走着、简单地聊天，他不像美国男人那么热情风趣，可走在人头攒动的街上，我却从不担心迷路或意外。

真的没超过10分钟，我就看到了旧苏格兰场之所以得名的那条街。街口转角处正是电影中出入魔法部的通道，只是不见了墙外窗下的红色电话亭。

我们停下脚步正对那面墙站着，看看墙又看看对方，好像都想问：“接下来呢？”

他说：“那个电话亭是电影道具，所以现在看不到了。”

“嗯，继续摆在这里的话，搞不好每天会有很多人排队钻进去。”

“呃，我不会。”

“为什么？”

他伸手比了比自己的额头，又歪头看了一眼墙上的窗。他的意思是，鉴于他跟哈利·波特的身高差，贸然钻进去有可能撞到头。我忍不住对着墙就笑起来。

“肚子饿吗？”我问。此时天已经完全黑了。

“想去吃晚餐？”

“嗯。”

“走吧。”他又是简单的两个词。

“来之前朋友向我推荐了一家不错的中餐馆，据说很正宗。不介意的话就让我请你？”

他听到这句话，笑着解释道：“我知道这不是约会。”

“我不是这个意思，”看到他似乎误解了，我赶紧跟着解释，可是解释着却发现好像越说越奇怪了，“不，我是说，这不是约会。但刚才我不是想说这个，只是想谢谢你陪我观光而已。”

“走吧，肚子饿了。”

…………

E 05 第一次约会

事实证明我低估了英国人对中餐的热爱，找到朋友推荐的餐厅时我们只剩下两个选择：等打包外卖，或者一小时后再来碰碰运气看有没有空位。

一起拎着外卖纸盒找地方吃是相熟的朋友做的事，而等一小时则是不饿的人才会做的事。两者都不适用，于是我们的晚餐不知怎么的就变成了炸鱼薯条。

大概正值晚餐时候，他带我去的店人也多得很。店里空间不大，白瓷砖墙上还贴满了五颜六色的海报和贴画，简陋的长条木桌旁立着弧形靠背的金属椅子，居然有几分坦率不讲究却温馨的味道。墙上钉着一张温馨提示牌，措辞客气地说明由于店太小，高峰时段将空位优先留给用餐的顾客。这张提示就钉在啤酒柜和咖啡机旁边，英国人果然不缺莫名其妙的幽默感。

店里满了，幸好还有户外的空位。一棵树不偏不倚正对着门立在路旁，树下撑着巨大的白色遮阳伞，伞下分两列摆着七八张狭长的木桌。

可惜的是这条街上没有红色电话亭，只有一只蓝色大垃圾桶立在窗下。

我们坐在树下看着白昼的余晖从身边彻底退去，窄窄的街道上路灯一盏盏亮起。

桌上摆着装满食物的平底大盘子，他替我拉开汽水罐。拉环弹起时响起“嘭”的一声，声音不大却清脆得很。泡沫细密地跳动着，这微小又真实的快乐就像空气和水一般：它始终存在，只等着某一刻被需要、被感知、被收获。

生活中所有可感知的快乐其实一直都在，区别只是有谁在身边时你才会看得见。

餐厅离我住的酒店不远，或者说那天我们的活动范围本来就不大。

那时我们都过得那么轻松自由，他走在街上不用担心有人注目；至于我，最大的担忧不过是假如剧集收视不好被砍掉，目前的工作也会跟着完结。我还是一只没有作品的菜鸟，指望不上哪位制片直接拉我进新剧的团队，唯有等运气。

或许正是因为运气，那部剧集收视一直不错，拍到现在都还在一季季接连获得续订。它在过去几年曾成为我生活中占有最大比重的一部分。没料到剧还在继续，先离开的是我。

世间所有分离说白了只有两种：选择，或别无选择。

我从未在别无选择的境况下经历过分离。可谁又说得清，有选择是否真的能更快乐？

我不相信“别无选择”。至少，关于感情永远不会只有一种选择。区别只是你愿意承认自己的选择，或是将一切推给权衡过后的“别无选择”。

做选择从来都很简单，难的是面对你选择的结果。

Joe 和我之间发生的一切，自始至终都是彼此各自的选择。

没有后悔与不后悔，没有值得与不值得。在单纯莽撞的年轻时，我曾毫无迟疑、不问缘由地爱过他，那是我的选择。结束时友好地分离且不必再见，也是我们的选择。

——如果不想带着遗憾继续生活，可以选择不开始。

然而我没有。

确切地说，我想过，可是最终没有。

那天晚餐后他坚持送我回住处，步行 20 来分钟的路程仿佛眨眼就到。来伦敦的第一天算是结束了，这一次愉快的偶遇也到了该结束的时候。

在酒店门口他似乎没有停下来道别的意思，打算送我进大堂上了电梯再离开。

走进大堂时我停住了，问他："介不介意在对面等我几分钟？"对面就是下午他泼了我一身咖啡的小店。

"好。但是，刚坐完 10 小时飞机又接着玩儿了一下午，你还没累？"他对我这个要求有点儿摸不着头脑。

"相信我，我已经困得可以接连睡 24 小时了。只是今天没机会请你吃晚餐，想送个小礼物给你表示感谢。在楼上，我去拿一趟就回来。"

"不必客气，我今天也很开心。"

我干脆现学现卖他说过的话："我知道不必，但是我想。"

他有点儿不好意思地笑了："你就是不习惯把接受照顾当成理所当然，不是吗？"

"说真的，让你在对面等多少有点儿失礼。但现在是晚上，要是邀请你上去似乎怪怪的。所以——”

他又露出了刚才在大苏格兰场街时那种好像明白了什么的表情："放心吧，我不会以为那是什么暗示。哪个男人会在第一次约会就搞砸这种事？"

"好像有人说过这不是约会。"

"可以不是。"

——他的意思是假如我不认为是的话，那就不算是。

"我的确没法否认。"我也实在没有必要死不承认。

"嗯。而且还不坏，对吗？"

"走吧，"我看了看电梯的方向，彻底不打算再时刻警告自己别玩儿什么旅途艳遇，"事先声明我房间里没有咖啡，放下行李就冲了喝完了。"

"两包都喝完了？"

"嗯。"

"然后你还到街对面买了第三杯？"

"那杯是坐着看书打发时间的，本来下午没打算去别的地方。因为大白天用来睡觉好像有点儿浪费才会出门。"

"原来你是真的很困。"

"不然呢？"

我们就这样在电梯里又笑起来。电梯真是个奇妙的金属大盒子，我们明明一直并肩站在原地，其实却在不知不觉往上升，等到再打开门时已经到了另一层。其实我们都清楚：来时固然容易，而离开的那一段路必然将是各自一阶一阶步行。即使如此，仍然按下按钮，打开那扇门站了进去，等待它带着我们缓缓上升。

所谓选择就是如此，要么后悔，要么甘愿。

房间的窗边有只很舒服的沙发，我把出门时胡乱堆在上面的东西挪开，请他坐下。

仅有的两包咖啡被我喝了，用过的杯子还没洗。还好酒店房间的茶具看着还不错，我便给水加热准备泡茶。

“白茶？”我这里当然也没有牛奶和糖，行李箱里带的茶叶除了白茶好像没有更合适现在喝的了。

他一本正经地回答：“摇匀，不要搅拌。”（007电影系列里邦德点鸡尾酒时常说的台词。）

“干度适中？”我忍住笑补充道。

“噢，把这句给漏了。”

…………

他果然喝完一杯茶就起身告辞了。我送给他的确实只是件小礼物：一小罐金针滇红，从带给好友的礼物里分出来的。

他站在门边饶有兴味地看着装在粗麻包装袋里的青色小陶罐，问：“中国茶？”

“嗯，前不久回了一趟家。还好托运没碎。”

“谢谢。我一定要留着这个罐。”

“用来做什么？”

“想出用途以后告诉你。”

“好吧，晚安。”

“晚安。”他打开了门。

我本以为那只是一次不会重来的偶遇。或者不会重来的……约会。

真是疲倦、漫长又快乐的一天。我洗完澡把头发吹到半干，抱着小说钻进被子里。当初找它来看纯属为了补课，因为成长环境不同，我同事说我的阅读量大约也就能赶上美帝十几岁的孩子。飞机上大半时间都是睡过去的，这本《献给阿尔吉侬的花束》还只看了一半，手术后的查理·高登正在经历一系列微妙的改变。

我需要把它看完。

如果想要找一件事让我分心别老想着几小时前遇见的那个陌生人，它就是最合适的选择。

书签夹在第二十一章，不再智障的查理被他工作多年的面包店解雇了。

"'查理，如果你读过《圣经》就会明白，不该多知道上帝不愿让世人知道的事。知识果实是禁止人们去碰触的。查理，如果你做了什么不该做的事，例如和魔鬼打交道，我建议你现在回头摆脱它还不迟，或许还可以回到以前简简单单的样子。'

"'没办法回头了，芳妮，何况我也没做错事。我只是像个天生失明的人，突然有机会看见光明而已，这没有罪……'"

小说一页一页地翻过。这本书太好看，故事情节立刻成功地接管了我的大脑。

从智障到天才，查理始终是别人眼中的异类。从朋友嘲讽、父母遗弃到身边所有人都畏惧和躲避，与他同路的旅伴只有一只小白鼠阿尔吉侬。同样接受过手术的阿尔吉侬智力先开始衰退，天才查理也终于在完成研究之前迅速退化回到了从前。就像一场漫长而绝望的梦，眼看着自己的心智一点点流失，抓不住迅速退去的光明——那光明并不见得有多好，照得见晨曦微露也照得见黑夜将至。但如果连这光也熄灭，便意味着那一扇曾经打开过的门从身后再次关上。

他知道这扇门即将重新关上。

最后彻底回到痴愚状态的查理自己离开了。他回到了自己长大的地方——收容智障人士的寄养中心。

他在留下的信中写道：如果有时间，请帮我放一些花在后院阿尔吉侬的坟墓上。

他唯一的同类、伙伴、亲人、朋友，是小白鼠阿尔吉侬。

看到结尾我仍不舍得将书放下。书页之间绝望的无力感突如其来地抓住了我。大概每个人都惧怕这种丧失感，当我们不可避免地老去之时，也将目睹曾经的自己渐渐消失。

那是我有生以来第一次意识到：我们都会有眼看着自己衰退的一天。我们成长时经历过查理的迷惘，多年之后终将体会到查理的挣扎与无助。抗拒也好焦虑也罢，最终总会平静地接受。或许还会给我们自己的“阿尔吉侬”带去一束花。区别只是查理的梦短，我们的梦长。

在那之前，“老去”对于我来说只是抽象的两个字而已。

谁也不见得比查理幸运。等到满头白发、行动迟缓、记忆模糊的年纪，或许很多人终此一生都没有一个可想念的阿尔吉侬。

头发已经干透了，我却睡意全无。

不知发了多久呆，房间的电话忽然响起来，吓了我一跳。

表摆在床头，指向10点。

原来从开始看书到现在也才一个多小时而已。

我的手机开着，会打酒店电话的除了前台大概没有别人。铃声响了两三声，我接起电话。

听筒里传来的却是一个并不陌生的声音："Joan."

真是见鬼，刚刚才成功地把他从脑海中挤走，他转眼就杀回来把查理挤走了。什么循环都不带这么快的。

"你到家了？"我知道我问了句废话。一个多小时都能从伦敦跑到沃特福德了。

"你……"他在电话那端好像迟疑了一下，"生病了吗？"

"没有啊。"说着话我自己也觉出好像鼻音有点儿重，"可能有点儿着凉吧，明天起床就好了。"我当然不好意思跟他说这只是看小说看出的状况。

"噢。因为下午一直穿着湿衣服吗？"他以为是他那一泼的功劳。

"当然不是。没问题，很快就会好的。"

"嗯，那你先休息。"

"等等，你打电话来是——"

"问候一下。晚安。"

"晚安。"

问候一下？我们没有互相留电话，他特意打到酒店转接进来问候一下？或许是在考虑第二次约会，结果以为我着凉就作罢了？想到这里，不是不失落的。

E 06
圣克里斯托弗

又发了一阵呆，这回打断我的是敲门声。

爬下床打开门只见 Joe 站在面前，那双在暖色光线下会呈现茶色的瞳孔里，仍静静散发着那股让人安心的气息。

我没问“你怎么来了”之类恶俗言情剧的标配台词，他这个时候出现在门口已经把今天的狗血份额全都用光了。挂断电话后我并非没有过隐约的期待，只是自己清楚他再来电话的机会估计有点儿渺茫。

也正因为如此，我没法儿装得很惊讶，只侧身把他让了进来。

房间并不大，从门口走到窗边的沙发也只有十来步。他根本没往里走，进来后就站在门边问：“附近应该还有药房开着门，需要去吗？”

“药房？”他来就是跟我说这个？

“这边的药剂师有感冒的处方权，我带你去看。”

“抱歉，其实我不是感冒，”见他一脸认真我实在不好意思再糊弄了，便从枕头上拿起小说递给他，“是这个。”

我现在说话已经没有鼻音了。

他有点儿诧异地接过书，又看看我。

“不好意思，看来我又出现在不合适的时候。”

“又？”

“比如咖啡馆。”

“噢。我不讨厌意外。”

“嗯？”他眉毛微微抬起的好奇脸，原来也这么可爱。

我补充道：“好的那一种。”

“谢谢。”

“你不坐吗？”

“啊，好。”他这才意识到我们两个一直杵在门边说话，脸上的表情呆萌得可以。

他坐下，我在睡衣外披着围巾当外套，去泡今晚的第二壶“摇匀，不要搅拌”的白茶。

水很快就开了。将茶摆在茶几上，我们一左一右中间隔着半人的位置坐在沙发里。

窗外的夜正热闹，这里虽隔得近却不怎么吵。既没有静得让人紧张也没有闹得打扰聊天，我们就这样自然地坐着。此时此刻我莫名地感到一种类似温馨的错觉。也许，有第二次约会也不坏。于是，我主动提起他来电话的事：“其实你怎么会给我打电话的？”

“也许有第二次约会也不坏。”他放下茶杯，答道。这答案标准得就像我在自问自答一样。

我根本懒得浪费时间心理斗争，脱口而出：“什么时候？”

“这就是。”他平静地笑了笑，脸上都仿佛写着“难道你不觉得吗”

几个大字。

“噢。”我低头看看自己，穿睡衣约会倒是新鲜事，“你一般约会都做什么？带女孩子去美术馆吗？”

他又面不改色地说冷笑话：“不，动物园。你呢？”

“我是女的。”

“所以？”

“安排约会是男人的事。”

“但愿这不是你最糟糕的一次约会。”

“当然不。大二的时候学校有个男生约我出去看电影，他长得不错，所以我答应了。结果在电影院里他因为买什么口味的胡椒博士汽水纠结了十多分钟，直到散场后还问我下次要不要买樱桃味的试试。”

他一脸的难以置信：“十多分钟？！你确定他不是个六岁的小姑娘？”

“我还没说到最可怕的部分：胡椒博士汽水就两种口味，原味和樱桃。”

“你是怎么有勇气跟他看完整场电影的？”他摇摇头，这下算是明白了“最糟糕的约会”是什么意思。

“你懂当时路人看我们的眼神吧？”

“我太理解了。以前我的一个约会对象约我去片场接她，她说送我一份礼物，结果就是把我介绍给萨姆·门德斯。”他耸耸肩。

“哇，那完全不一样好不好？是萨姆·门德斯！”

“然后我才知道那是她决定不再跟我约会的安慰奖。”

“噢，真尴尬。我猜这是跟同行交往免不了的状况？”

“多少有一点儿吧。”

“其实她还算是厚道了。”

“最糟糕的是，后来我真的在萨姆·门德斯的一部电影里打了个酱油。”

“所以你真的把安慰奖领到手里了？”

他略带无奈地摊了摊手。

被比自己有名气的女演员甩了，还莫名其妙接了一份她塞来的工作。怎么看怎么像是她哄着他在不知情的状况下签了份和平分手协议。简而言之，中心思想一句话：姐给你找个工作，好好工作别哭别闹，以后离我远点儿。

好吧，要比尴尬他又赢了。这倒霉孩子真励志，再伤自尊的破事儿他都坦然地当笑话看待。

在感情里人人都有自己的关键受力点，犹如于千里之堤寻找那一个小小的蚁穴。你可以遇见千万个人，却无法预知谁会踩中它。所谓爱，或许也属于固体力学中的本构方程，即使铜墙铁壁也敌不过作用在关键位置上的最微弱的力量。

多年以后人们都爱他镜头前的魅力，而我爱的是当年那个没被糟糕的运气毁掉修养和情商的路人甲。

他曾一无所有，他曾谁也不是。他总是温和地笑着，与其抱怨际遇，他更愿意将筚路蓝缕视作裘马轻狂。我的关键受力点就在那时奇怪地开始坍塌。

他不介意说出来，我也不介意取笑他：“等你走后我马上去搜那部电影，我一定会找来看的。”

他不紧不慢地转过头看我，脸上的表情是不知情加无辜：“谁说我要走？”

见我只是看着他没有回答，他连忙接着补充：“当然，如果你觉得我应该回去的话——”

“你是应该回去。”

“没问题。”

“如果你真觉得没问题的话。”我有样学样地复制他的句型。

听到这话他一愣，继而笑着摇头：“你们女孩子实在是太难懂了。”

“是你们男人讲究风度的时机太诡异。”我也笑。

“等等，先让我确认我没理解错，你的意思是——”他没继续说下去，因为我侧过身去吻了他。

我说不清楚为什么要这么做，可就是这么做了。

他的手放在我肩头，只是小心地滑下来轻轻握住了我的手臂。

并没有什么火花在那一刻产生。我所感受到的只是一种水到渠成的宿命感：仿佛此前度过的漫长岁月都不过是为了走进这个房间，过往那些未曾与他相遇、为了与他相遇的时光在这一刻面前如同虚耗。不曾有惊心动魄的初遇，却是潜滋暗长的温暖。

对于一个刚刚认识不到一天的人来说，这种感觉似乎太离奇了点儿。

“我的意思是你也该试探够了。”我稍微退开，说完了他刚刚没来得及问出口的话。

“我只是不想被你踹出门去。”他轻声回答。隔得那么近，我的脸颊几乎能感觉到他发声时胸腔的共鸣。

“你该在我还穿着高跟鞋的时候担心这个。”我笑道，抬起脚晃了晃拖鞋。

“不，事实上我现在一点儿也不关心那个。”他低下头，鼻尖碰到了我的额头。感觉很温暖。

六月中旬伦敦还在温温吞吞地变暖，在只有 20 摄氏度的空气里，他颈边却有了些微微的汗意。他的睫毛蹭在我脸颊上有点儿痒，散开了系带的睡衣顺着两肩滑进他手里。这时他看到了我胸前那枚圆形的银坠。项链有些长，平时垂进衣领里看不出来。

那是一枚刻着圣克里斯托弗像的圆坠。

“我以为你没有宗教信仰。”他握着圆坠，略带好奇地问。

“是上学时爸妈从国内来看我，我们一起去迈阿密旅行时买的项链，我和我妈一人一条。听当地人说圣克里斯托弗是旅途守护神。”

“尤其是未知的旅途。”他轻轻将圆坠放下，仿佛怕直接松手会砸到什么一般，“幸好如此。”

我被他弄得摸不着头脑：“什么？”

“幸好这不是某个拉丁裔男孩儿送你的礼物。天天戴着，它一定对你很重要。”

他真是好想象力。我是 27 岁不是 17 岁，这么浪漫又伤感的情节不适合我。

“拜托你，我不是那种跟人分手了还要留个纪念的人。”我当时不以为然。

“不，那是因为你还没有遇到过值得这么做的人。”

“你有过吗？”

“我会有的，你也会。”

“为什么这么肯定？”

“等你过了 30 岁就会清楚地感受到，自己不会过一种没人可想念的人生。”

是啊，我也会有的，只是当时并未觉察。那么多年过去，我衣柜里还挂着一件洗不掉咖啡渍的白上衣，我的书柜里还夹着一张写了字的旧纸巾。

等到过了 30 岁，我才知道，谁是我始终会想念的人。

E 07 不起眼儿的时钟

回忆过去就如同在时间的河流中逆行，过去与未来颠倒。我们往往免不了问自己：假如当时可以预知未来，知情与不知情哪一种更快乐?我说不清楚。这个问题哪怕穷尽有生之年的所有时间，我都未必能知晓答案。

隔着六年时光再看眼前的人，我试图从那双熟悉的眼睛里寻找似曾相识的光泽。

他端起茶杯喝茶时睫毛低垂，眉头无意识地稍稍蹙起。就像是曾经那个清晨他没睡醒的样子：睫毛的弧度、眉梢的轮廓、唇角的线条……与记忆中没有丝毫偏差。我躺在枕头里蹭着他额边柔软的发梢，那种感觉就像明天永远不会到来，就像世界上所有的一切都在慢慢分解、消散，只有那一刻无尽地延长。太年轻时不懂这种感觉从何而来，后来才渐渐明白——每段关系最后都要终结，但你只会选择记住一些而忘掉一些。偶尔，在漫长时光中的某一瞬、在千万天之中的某一天，你遇见了一个特别的人。从遇见他的那一刻起，你脑海中有一个不起眼儿的时钟停了。

只是当时，你并不知道。

以为人生还有那么长，未来还有更好的尚未到来。

而现在已经是当时的“未来”，我们坐在这里，看着这些年彼此选择的生活。

我始终不确定，他脑海中的某一个时钟是否也曾停下来过；他是否也像我一样，有某一部分停在那时没有再向前走。

冬天的下午阳光总是消失得特别早，他发梢那一层浅亚麻色的光泽渐渐随着天暗下来而退去。

他的电话在桌面上振动，发出轻微又低沉的嗡嗡响声。只振了一声就停了，大概只是信息。

他似是条件反射般地看了一眼自己的手腕。

“赶时间？”我见他看表，问。

“七点半的飞机。”

原来他今天就走。他昨晚到，却只约在今天下午见这短短的一面。

我不知道该说什么好，只得含糊地应答：“噢。”

“没有办法，工作。”他笑了笑。

“东京？”东京首映礼是前天，或许还有些后续的其他活动？

他迟疑了一秒，说：“LA.”

他要去的下一站正是我生活过十几年的城市。这倒不意外。现在已是一月末，接下来很快又金球又奥斯卡，正值洛杉矶的热闹周期。

我从身旁拿起大衣：“那我们走吧。”

“不着急，才四点。”他说。

“早一点儿去比较保险。”

“不赶时间。已经预约了出租车，五点走。”

“一直没问你，怎么会知道我回来后在哪里工作？”

“你有推特的。”他笑道。

“我只是不知道你也关注而已。”

“没有关注，就是偶尔看看。”

“还是不想让我觉得你一直都知道我过得怎么样？”

“我们讨论过这个，然后都决定没必要让彼此感到不自在。”他不自觉地抿了抿嘴，“但，既然都说到了这里，你想聊聊那件事吗？暂时不想也可以。”

我知道他指的是什么事，便故意避重就轻：“我回国这件事？”

他摇摇头，隔着桌子伸出手来握住了我的左手，拇指很轻地抚过我中指上那条已经不太明显的戒圈痕迹：“这件事。”仍旧是六年前白皙瘦长的手指，指甲很短很干净。

“你这么问一定是已经知道了。订过婚，没结婚，然后回来了。就这么简单。”

“如果你想跟人说说这件事的话，我很乐意听。”他似乎在斟酌措辞，拍拍我的手背，然后松开了手。因为我们不属于那种会联络会分享彼此生活的老朋友。

没错，我们的确不是。

我能说什么？无非是拐着弯儿并真诚地告诉他我很好。

“我的导师曾给我讲过一个故事：一位荷兰农民看着自己的庄稼凋零，为了维持生计只好去远航的商船上工作。反时节的飓风把船吹到了印度尼西亚，他播下第一颗种子。400年后，成了爪哇咖啡。其实所有事物都是有内在联系的。做当时认为正确的事，然后只需静待豁然开朗的那一刻。”

这大概不是他期待听到的答案。他心不在焉地转着手里的杯子：“所以说无须担心？”

“我们女人太难懂了，对吗？”我不由得想起他曾经感叹过的这句话。

“噢，你绝对想象不到。”

“别说我了，你呢？我得坦白：不是我一点儿也没关注你，而是你这两年的新闻太多，几乎每家报纸写的内容都有不一样。”

“呃，其中也不是没有事实。”

他这句话有点儿绕，但我听明白了：“所以，那么多之中哪一个是事实？”

“私事儿被人写在报纸上还是挺尴尬的，不是吗？”

“没关系，不方便说可以不答。”

“这不要紧，我可以说。”他端着杯子，却抬起眼睛看着我，“丽芙·泰勒、艾米丽·布朗特、安妮·海瑟薇……”

等等，传闻多归多，可这些名字好像从来没跟他扯上过关系。

“……全都没有交往过。”他慢条斯理地放下茶杯，又露出他那一本正经的冷笑话脸。

如此看来我基本不用期待严肃的答案了：“好吧，我闭嘴。”

“噢，顺便说一句，前不久发生了件亲切得很的事。去年去圣丹斯电影节，听见围观人群里有人冲我大叫‘Hey，Joe！’，我前后看了看，然后转身问他：你叫的是我还是约瑟夫·高登·莱维特？”他意犹未尽地接过话继续瞎扯。

六年多过去，他从路人甲变成了男主角，那天然呆状还是一点儿没变。

我拿起叉子戳了一个小泡芙举到他面前："行了，你也闭嘴。"

"他叫的是我，感觉真好。"他说话也不耽误吃，说完迅速地一口消灭泡芙只剩下叉子。

见我举着空叉子一脸"你有完没完"的表情，他自觉地端过我面前的空杯子倒茶加奶，收走叉子把茶杯放进我手里。

"好吧，说笑够了，"他停顿片刻，"准备好告诉我究竟发生什么事了吗？"

说来说去他仍旧想知道刚才提的那件事。我知道，身边所有的朋友都告诉我这不是件小事。我的生活确实经历了一次彻底的改变，但那不代表对我来说有多艰难。

是的，我订过婚。交往两年平稳无事，分手的情形却莫名其妙得很。

对方是个生活简单的普通人，可能在别人看来很无趣，对我而言却是理想的伴侣。我喜欢无趣的生活，喜欢木讷简单的人，喜欢踏实安心的感觉。

我不是那种不能停药的浪漫主义者，妄想从别人身上寻找与旧爱相似的点滴残影。我只是清楚地明白没人可以什么都拥有。

尽管当时未觉察，从遇见 Joe 的那一刻起，脑海中已有一个不起眼儿的时钟停了。某一小部分的我却始终没有再向前走。

很多事唯有不曾经历才会无所畏惧，才会无坚不摧。有谁能够像从未活过、从未爱过那样完好无损？轻的就当伤风感冒，重的哪怕程度如踝骨碎裂——植个钢钉以后还不照样儿能走能跑？当中区别只有自己知道。

留下那一小部分在原地，我也不是不能前行。

归根到底，我是将简单的生活看得太容易，小看了要了解一个人必须付出的时间和心力。

既然他想知道，我也没什么可隐瞒。我倒是不意外他听过之后会喜欢这个让人哭笑不得的段子。

“我是订过婚，然而没有结婚。说出来你都不信，因为桑迪。不是一个叫桑迪的女人，是叫桑迪的飓风。”

我的前未婚夫除了单纯老实之外还是个相当保守的人——在政治意见上。交往了整整两年，要不是 2012 年大选，我甚至没发现他一直眼巴巴地盼着奥巴马从白宫滚蛋。身在加州都能随便撞上共和党的死忠，这是什么运气？当然，原本也与我无关，如果不是“桑迪”的话。

飓风“桑迪”席卷东部时，大选正进行到最后阶段。福克斯新闻画面中，罗姆尼的坚定盟友、新泽西州长克里斯蒂态度大改，一反往日的立场，公开表示感谢总统的支持和援助。他特别爷们儿地表示，他不在乎好盟友罗姆尼究竟来不来赈灾，他的州有 240 万人在飓风中断电，海滩严重摧毁、北部洪水泛滥，他对大选的破事儿已经没有一毛钱兴趣。

我们看着新闻便因为看法不同开始争起来，这是两年中唯一的一次吵架。凡事第一次总难免出乱子，吵到兴起处他说既然我喜欢奥巴马的“社会主义做派”，不如就地挖洞钻回中国。我告诉他假如西海岸太风平浪静不够他表达激情，何不干脆去亲罗姆尼英俊的屁股，跟着他借灾拉票去；他说我没有资格谈论他们国家的政治，我根本不是美国人，如果他不点头娶我的话，我将永远不会是美国人。

谁也没法儿判断吵到如火如荼时究竟是“打洞钻回国”比较过分，还是谈罗姆尼的屁股比较羞辱人。

当然气话再过分也可以气消后和解，除非他冲动起来推了我一把，而我又恰好跌倒被茶几撞伤胳膊。

当然过失也不是绝对不可原谅的事儿，除非他当下呆呆地说出的第一句话是：请不要报警，Joan，我爱你。

那就是当我发觉我用了两年的时间来证明自己的视力有多坑爹的时刻。

我不惊讶。除了工作，这些年生活对于我本就只是摆设。

是我不曾付出足够的心力了解对方，又怎么可能有理由去责怪运气。

“怎么样，这跟情景喜剧没有区别吧？”我看着Joe，不以为意地笑笑。

“你一定很失望。”他也看着我，好修养地完全没有笑。

“说不失望是假的，但也没什么大不了。”

“我知道。这是你决定换个环境的原因？”

“嗯？不是。可能有些关联，我也说不好。忽然有一天醒来，我不想去工作，有点儿厌倦。然后明白也许是想回来了。”

“其实你不必——我是说，即使要换环境也不必跑半个地球。比如搬去纽约，你可以继续你的事业，不必像现在这样从头开始。我知道这不是我该干涉的事儿，只是，只是我在试着理解为什么。”

“是啊，我自己也不理解。电视剧行业里谁不向往纽约？它对我们而言简直就像圣诞老人的雪橇车。可事实是我没有去，我回来了，决定做得太快连自己都没时间去理解。”

“我从不知道你也是会冲动做决定的人。”

“我自己以前也不知道。”

“人都会变吧。其实我也没料到我会临时起意来看你。”

“如果那时也像这样冲动决定……我也不清楚。”

这句话终于还是说出来了。只是依旧没有想好后半句应该有什么内容。从那时起这个问题便一直悬在我心里：假如我真的做了截然不同的决定，结果又如何？当时不知道，今天仍旧不知道。我不曾完全地了解他，甚至不曾完全地了解自己。换了其他任何事我都可以有信心去试，唯独这一件，我对未知充满了恐惧。

年轻时饱满的勇敢都没能让我赌这一把，只因为遇到了真正输不起的东西。

我怕那个冲动的选择会成为这辈子做过的最蠢的事。

他带着几分不确定的神情，说：“也许那时应该冲动决定。”

“Joe.”

“嗯？”

“我跟你不一样。”

“有什么不一样？”

——不一样的是，我爱过你。我知道那很荒诞，短短的两天甚至不够了解彼此的十分之一。因此你不会了解，不会相信，因为我也无法解释。有些事根本没有解释。

我笑笑，回答他："性别不一样。我们女人太难懂。"

"这倒是事实。你还记得那天你说去书店，结果抱回来一瓶桑格利亚酒吗？"他配合地跟着转移了话题。他笑时是那双眼睛最清亮的时刻，仿佛薄雾散去，天空放晴。

我当然记得。

在伦敦停留的第二天，一大早我们就去国王十字车站看九又四分之三站台。早餐后约好各忙各的，下午再见。

我是在逛到博罗市集后才看见的桑格利亚酒。玫瑰色的液体简单地用塑料杯装着，杯里还飘着我叫不出品种的新鲜橙子和青柠檬。我离开市集的时候还转回去买了一瓶玻璃瓶装的带走。

市集旁边就是伦敦桥车站，那个时候伦敦还允许带酒进地铁。

电话来时，连带着把手上的购物袋振得嗡嗡直颤，酒倒还稳固，水果很有种要被活生生振成果酱的趋势。我手忙脚乱地接电话。听见他的声音从听筒里传出来，我就这样傻站在站台上错过了一班地铁列车。

那一刻，我恍然以为我们与这座城市里任何一对寻常的恋人相同：他结束工作，我正购物回来。

我们在牛津街附近碰面。就像今天这样坐在咖啡厅喝着茶看窗外的街，我吃不惯太甜的甜点，他不爱吃咸三明治；我说他比女孩子还爱吃甜点，他说英国女孩儿没有甜点会觉得生不如死。

我给他看逛街的收获，他一脸惊讶地说你早上才告诉我要去书店……

玻璃瓶里玫瑰红色的汽酒其实是红酒、水果、力娇酒和白兰地的混合物，新鲜劲儿过了之后并没有好喝得那么夸张。然而那天晚上我们在酒店房间里聊着天吃着水果，把那瓶酒喝光了。

我当然都记得。

回忆如此清晰，不是因为他提才想起，而是从未模糊过。

E 08 自深深处

我瞥了一眼自己的电话显示屏，4 点 36 分。

他是真的该走了。

我始终没有问他，这次来看我是不是只因为偶尔想起这么简单。他有他要去的目的地，而我，晚上还有两节课。

想到这里我有点儿焦躁。去你的两节课，我要送他去机场。

我们之间至少得有一次像样的道别，不像上次那么匆忙。

咖啡厅的服务生依旧礼貌地保持微微鞠躬的姿势目送我们进电梯。

电梯门关上了。

还记得六年前那天我们并肩站进电梯时一起傻笑的神态，那五层楼的高度只花了几秒钟，我却用了六年还没能一阶一阶地走下来。如今我们再一起从 23 层往下落，只是彼此各怀心事地短暂沉默。

面前左侧的红色指示灯从“23”逐格跳到“16”。

他先开口，温和地拒绝了我送他去机场的提议：“机场太远，你要一个人回来。你不用送我。”

“我知道不用，可是我想。”

“听起来很耳熟。”

“嗯，好像是有谁这么说过。”

我们再次一起笑了起来。

“我是说认真的，我不希望你去。”

“因为？”

“Joanie，最好不要。”他的口吻很坚决。

再次沉默。电梯指示灯降到了“4”，接下来是“3”“2”“1”“G”。

到了。电梯门无声地往两边滑开。

他按住开门的按钮，转过头看着我：“再见，Joanie。”离开咖啡厅时他又戴上了太阳镜，我看不清楚他的表情，只见到他唇角弯成微笑的形状。

在电梯里僵持实在不像是成年人干的事儿，我往前几步走出了电梯。

“再见。”我回答他。

我们两人隔着门站在那里，直到他点点头，松开按着按钮的手。门缓缓关上。

电梯没有升也没有降。

是根本没有动，还是时间太短数字没来得及变化而已？我不知道。我抬起手按向门边的按钮，也不管按的上行还是下行。

门开了。

电梯果然没有动过。我看见他仍然站在那里。

我记起上次分开时的情景。

早晨我穿着袜子踩在地毯上整理行李箱，听到他在身后问：“你考虑过换个环境吗？”

“比如？”我放下手里的衣服转过身。

“比如这里，比如我们。”

“你是说真的？”我几乎要冲口而出地答应。几乎。

我愿意。我只是个连起步都算不上的小编剧，他是个一无所有、名不见经传的小演员。我根本不曾拥有不舍得放弃的东西。

而他回答我：“假设。”

“我喜欢这里，还有——我们，”我看着他表情的细微变化，意识到自己似乎说了什么愚蠢的话，马上停止犯傻还来得及，“但我也喜欢 LA。我的生活在那里，不可能说换就换。”

“嗯，这是个很严重的假设。”

“嗯，假设。”我转回身去，重新将收拾好的衣服装进行李箱。再把自己塞进裤子里。

现在想来，当时我们都有过这个念头，更多的却都是否定——他不确定，我不敢一头栽进去。当时那么年轻，那么草率，以为人生还有那么长，或许最好的还尚未来临。却不知有些事不在乎迟或早，区别只是遇到或遇不到。

爱就像是唯有时间能解开的一道复杂谜题：终有一天你会明白答案，但不是当时。不会是当时，也不必是当时。

在尤斯顿火车站外，我们只匆匆道了句再见。

我坐上去伯明翰的列车离开时，窗外的伦敦街景里已经缺了他的身影。

他不知道，早晨我将那枚圣克里斯托弗像项链留在了他的长裤口袋里。我已逐渐开始明白，大概某个人总要比寻常的朋友更难忘一点儿。没有把它直接送给他，因为我一直觉得这类情景会很腻歪，免得大家尴尬。只要不说明，他留着它也好，丢掉也罢，那是他的选择。我以为我们这一转身后便不会再见。

六年后的此时，我们草草重复着相同的告别。一切又像上次的情景重现，只是这一次当我再看向他跟我说再见的地方时，他还在。他并没有消失。

他还站在电梯里。

“打算住在电梯里面吗？”我问。

“如果你认为我应该多留——”

“闭嘴。”我打断了他。我们能轻易地决定是留下还是离开，为什么就从来没办法认真地面对道别？

我们本来便只隔着两步的距离，记不清谁先往前迈步，谁先拥抱谁，只记得彼此都久久没有松手。电梯门静静地在我们身后又一次关上。他的大衣衣领紧贴着我的脸，有点儿热。可我并不愿意挪开。仿佛我还逗留在27岁那年夏天的某个早晨，终于有机会说完当时未说出口的留恋，迟迟不愿意继续前行。

可话到嘴边，又只剩下这四个字：“旅途平安。”

“我会的。”他松开一只手，从自己衬衫领间摸出一条细长的项链。项链有点儿长，躲在衣领里不翻出来根本看不见；圆形的银色项坠上刻着圣克里斯托弗像，穿过往日的时光依旧静静守护着即将离开的旅人。

记忆片段如雾气弥漫眼前。经过这些年的时间，我们从彼此的轮廓里努力辨认着昔日的对方。他曾说过的话一直都没错：我们不会过一种没人可想念的人生。所谓幸福，有时只是在过往的人生里曾遇见过一个值得你念念不忘的人，这便已足够。

说出口的终究都是一句道别，无论艰难或轻松。我终于意识到自己曾如此惧怕道别的原因：我想听见的不是再见，而是我们之间尚未发生、或将发生的一切。

“听着，我们不需要互不联络。就当是老朋友，知道吗？”他说。他呼出的气息在我的额头边，温暖而真实。

我点头，脸颊真切地感受到他颈边的脉搏。寥寥可数的回忆片段犹如一股温热的力量涌进胸腔，我们从来没有过这样的对话，哪怕是上一次分开时。

“见到你真好，Joey.”

“我也一样。”

我们松开了手。

他从地下停车场离开，我在酒店门外等出租车。这里风很大，我隐约还能感觉到刚才那个拥抱的暖意残留。

奥斯卡·王尔德在《自深深处》中写道：

“我与记忆中的欢乐之间，隔着一道深渊，其深不亚于我和现实的欢乐之间隔着的深渊。假如我们共度的那段人生真如世人所推测，纯粹是享乐、挥霍和欢愉，那我或许便更容易忘记。”

关于他，我没有太多回忆，也并不需要忘记。

我爱过他，是有生之年遭遇过的最不可思议的事儿。直到现在我都没能回答当初想问自己的问题：如果我坚持留下，我们会有什么不同？有些事的确没有答案。或许有，也不再重要。是过去经历过的事儿、爱过的人造就了今天的自己，每一个选择都不可能擦掉重来。

我们曾相遇过。此后，会有别人陪我们度过此生，如同这个世界上任何平凡男女一样老去。

其实有多少人在时过境迁之后便再也见不到曾经爱过的人？又有多少人在开始老去时发觉昔日的自己已无从辨认？

我想我已经足够幸运。

E 09 柳园往事

话剧正式演出的第一场，范蕾和我坐在观众席第二排的中央，等着台上的灯光亮起。

“哎，囧妮！”范蕾用胳膊肘捅捅我，压低了声音。

我扭过头表达诧异：“这么快又从九妮变成囧妮了？”

“物竞天择，适者生存嘛。”

“你姓‘天’啊？”

“不要在意细节！”她相当豪迈地小幅度挥了挥手，“你看，今天果然全场都满了。我刚瞧见季然和倪茵，这会儿人头就把视线全挡严实了。”

“他们两个是住一起吗？”她提起季然和倪茵，我想到便问。这两个每次上课下课都形影不离，跟亲姐弟似的。

“他们住隔壁，跟一起也差不多。”

“跟你商量个正经事儿，下下周六下午能跟你换节课吗？”

“可以啊。先交代你要干吗去！”

“没什么事儿，就看个电影首映。”

“对了，说起首映，”她慢条斯理地打开手袋，翻出一个快递信封，

“不提我还忙忘了，你有个电影院递来的快递。”

是邀请函到了。我怕订不到票，早在知道电影在国内的上映日期后，就托朋友蹭了张首映的媒体邀请函。拆开信封，里面装着邀请函和一张16开大小的电影宣传纸。平整的纸面没有温度，没有厚度，Joe的样子印在海报上，似有种熟悉又陌生的奇妙感觉。

范蕾在一旁用一种充满研究欲的眼神看着我：“有约会？”

“不是，只是蹭来的首映邀请函。”

“合理。”她若有所思地缓缓点头。

“我说，你们别老用想象力把我传送到桃花盛开的地方行吗？其实姐真的一朵也没有。”

她一摊手：“我就只是当了个邮递员。快递是我老公签的，他中午来接我下课，顺手帮前台看了两分钟。真的只有两分钟，前台在接电话，快递就被他签了。”

“碰上小概率事件得及时庆祝。散场，我家附近那家的榴莲班戟，去不去？”

“你就别馋我了。今晚想去也去不成，散场准得聚会。”

台上的灯光亮了。

身边的嘈杂渐退，音乐响起。灯光照亮面包店的布景，舞台另一角，追光下坐着大提琴师。

习惯了空荡荡的观众席，忽然间身边都坐满了人，这种无法确切形容的微妙情绪就像第一次走进这间演奏厅时一模一样。凡事都有第一次，而我清楚它的特别。《献给阿尔吉侬的花束》对于我，不仅仅只是一部作品而已。

昨夜最后一次彩排我不在场，今天便更有种作为观众看首场演出的感觉。

原以为我会紧张，可是并没有。

演员在台上说着熟悉的对白，我闭上眼睛仿佛就能看见六年前的自己——穿着睡衣，头发半干地坐在床边一页页翻看小说。暖黄的床头灯，轻盈的白瓷杯，印着米字旗图案的沙发静静停在窗下，地毯上的洗衣袋里躺着一件沾满咖啡渍的上衣，后来洗过仍然留有淡褐色的水痕。

它至今仍挂在我的衣柜里，不曾遗失。

世间大多数相遇都不曾有机会预谋，于是才会有遗憾；假如能重来一次，我仍然不会改写我们之间的一切，它们都该发生。都必须发生。故事可以每经改写日臻完美，但再完美的情节都不是我们之间的那些。

散场后的聚会大家都很兴奋，在 KTV 里一波接一波地刷新我接收噪声的底线。辛苦了两个多月，接下来还有连续好几场。他们理应今天玩得尽兴一点儿。我借口打电话出了房间，想沿着走廊找一个稍微安静的地方。

楼道里的自由声场更壮观，每经过一扇紧闭的门，都能从缝里漏出抵挡不住的音量来。走了一圈最终通往安静的是一扇印着“消防通道”的楼道大门。

楼道虽冷但很安静，我在台阶上坐了下来，也懒得在乎灰尘。

不一会儿手机短信声响了，是范蕾。她发来的信息就三个字加一个问号："你撤了？"

"没有，楼道。"我回过去。

没过两分钟，楼道门被推开了。范蕾的香水味儿很淡却很好分辨，再说这里除了我没别人，都不用回头，一闻就知道她也来了。

她在我旁边坐下，又伸出胳膊捅捅我："干吗呢？"

"你干吗呢？"我反问她。

"里面那帮家伙已经刷新我的极限了，再不出来我得听力受损，这一个星期说话都得靠吼。"

"那就在这坐会儿。过来点儿，冷。"

她往我这边挪了挪。

"你坐了多久了？跟速冻的似的。"

"三五分钟。"

"我还以为你借电话遁了，包厢里也不见你的大衣和包。"

"我随时准备遁。一起吗？"

"一起，咱们悄悄撤退。"

"正等着你出来跟我一起去呢。"

"现在？"

"这里安静，要不坐会儿？"

"好。"

我们坐在空楼道里有一句没一句地聊着，忽然觉得冬天最冷的时候也不过如此了。她的生活一直是我以前所向往的状态：简单、平静、富足、快乐。就像美术馆里见到的那幅《阿尔诺芬尼夫妇像》。这也是我回来之后的生活。范蕾和我认识并不久，我想，我们能理解彼此大约只是恰好在心境相似的时候遇见。或迟或早，都会有不同的结果。好朋友是如此，伴侣也是如此。

Joe 曾问我回来的原因。他记得我说过，我的生活在那里，不可能说走就走。

其实我一直都是可以说离开就离开的，只要我能看清楚前面的路，只要我能相信：要去的地方会有我所期待的生活在等着我。无论远近，只要看得见期待，只要它还在等我。

或许当时 Joe 以为我留下来就意味着他必须做出某种承诺。而我未曾细想，看见的只是他那一瞬间本能的退缩。

我终于相信他和我都各自为此遗憾过。

我也用胳膊轻轻撞了撞范蕾："走吧？是怪冷的。"

"好。"她站起来。

为了降低偷跑行动被撞破的风险，我们往下走了一层楼才转进走道等电梯离开。

大楼 B1 层直接通往地铁站台，连上地面吹风都不用。

11 点 9 分，六七分钟之内我们恰好能赶上这条线的末班车。果然。空荡荡的车厢里稀稀拉拉地坐着和我们一样晚归的人，有的低头玩儿着手机，有的也不怕错过站，直接背靠着车厢壁睡了过去。

列车与轨道的撞击声连绵不断地响着，车内移动电视屏幕不知疲倦地闪动，时不时卡住跳帧，又在电流声中恢复如初。

纯机械的嘈杂音量并不大，使我感受到一种奇妙的相对安静，比绝对寂静无声更令人放松得多。

范蕾抬头盯着屏幕，侧脸上投下睫毛柔和的暗影。

“这广告还挺不错，就是电视渣了点儿。”她偏偏头对我说。

深夜车厢里的电视正播着一支相机广告，屏幕带着有点儿可疑的色差，每当跳帧时，女模特脸就状如变形地被活活抖一抖。这可不只是“渣了点儿”。

“你说咱们怎么每回坐地铁都碰不上功能正常的电视机？”

“咱们一年到头坐过几次地铁？”范蕾笑道。

“好吧，只有少数几次可以挤得上的时候，比如深夜。”

“这倒是真的。”

“我们也都是挤着车上学长大的，年纪越大越不耐拥挤不耐吵。”

“还睡得早起得早有没有？”

“那是。以前晚上不睡第二天照样儿工作，现在少睡几小时都困得能挠墙。”

“看脸吧，只要稍微注重皮肤一点儿，三十多跟二十五六区别不大。身体里的变化才是实实在在自己可以感觉到的。”

“不只身体，平时的喜好也不同了。小时候怕的只是样子变老，其实唯一可以努力保持的也只有样子了。”

“哎，说到喜好，你想过给我解释解释为什么你的 iPod 里边存了一个诗朗诵专辑吗？”

她这会儿思维又开跳了，径直降落到前几天我借给她的播放器上。

那里面存着一张很老的诗歌专辑。它是张类似少儿有声读物的东西，里面都是些美而不艰深的诗：雪莱、华兹华斯、叶芝等。是 Joe 在 2009

年录的一张有声读物，在他那段演演小角色、配配音的时期不起眼儿的作品之一。

“就随手存的，没什么原因。”我随口答她。

“跟你书柜里有本相册一样，就是随手混进了些奇怪的东西？”她这回指的是夹在相册里那张写了字的旧纸巾。果然太亲近的朋友之间很难有秘密，哪怕你只字不提。

既然猜到，不认也没什么意思。

“要知道的你都猜到了。”

“查理·高登？”噢，她连电话也猜到了。名字的首字母好猜，口音更是好猜。

“嗯，查理·高登。”

地铁列车驶过轨道的响动，有节奏地一轮一轮响在我们四周，半空的车厢里我们并排坐着，像聊天气一般漫不经心地聊着这些我从没对任何人说过的事儿。

或者说感情从来就无法成为秘密，它在你身边的人眼中早已昭然若揭。

“你知道吗？我还真听了会儿那张专辑。”她说。

“然后？”

“还需要有什么然后？已经够美了。”

是啊。还需要什么“然后”？已经够美了。

地铁到站了。那一站下车的只有我一人，上行的扶梯空荡荡的。我戴着耳机，听着曾熟悉的声音响在耳边，搭在扶手上的右手手掌被悄然摩擦出一股温润的暖意。

冬末初春清冷的深夜里，耳边的声音正缓缓读着叶芝的《柳园往事》：

漫步回忆中的柳园，
那是我曾遇见挚爱的地方。
…………
她叮嘱我从容看待人生，
就如青草长满河堤。
我曾年少轻狂，
如今我泪流满面。

——我曾年少懵懂，如今我正要老去。我早已意识到：当有一天我们不可避免地老去之时，也将目睹曾经的自己渐渐消失。我想我可能会为自己错失的一切感到懊恼，但胸中还积满了如此多值得想念的事物，我的心胀得像一只即将爆破的气球。

但这些强烈的感觉会慢慢消退，因为没有谁会舍得让它迅速燃尽。关于我往日经过的每一个瞬间，此刻我除了感激别无他想。我没有心存不甘，也不再惧怕老去。

我知道，你不懂我在说什么。

这不要紧。

总有一天，你会懂。

附录

爱不会随时间老去

谢谢你翻开这一页。

在以往的书里从来没有过这一部分，以后也不一定会有。作为小说作者的第五年，这是我第一次在故事结尾之后继续与你分享这些故事里的歌。如果你是多年的读者，你或许会在这里发现一些来自过去的小惊喜；如果这是你读过的第一本我的书，但愿它不会让你失望。

附上它，既是因为常有读者要我推荐小说中曾出现过的音乐，也是源于自己的爱好。这是送给你的礼物，以感恩之心向每一位买书支持我的读者表达一份完整的诚意。

“喜欢”本是件简单的事，一旦进行到“认真”就有了责任。这其中收录的每首歌词几乎都有多个不同版本不同风格的中译，而且多半都已找不到原译者。

罗伯特·弗罗斯特说：“诗就是在翻译时从散文和韵文中消失的东西。”好歌词的美感与诗并无不同，有时候甚至更流畅也更质朴。这是语言本身的魅力。英文是非常讲究平衡和理性之美的语言，任何对时间、空间以及情感的表达都充满逻辑的美感；而汉语更加灵动和微妙，它的深邃之美不受困于有形的框架。每一种语言的画面感、韵律感和节奏感都是独一无二的。它像凝固的舞蹈，又像流动的建筑。从一种语言到另一种语言，它们之间无法实现完全对等，要说“翻译”，只是将一种美描摹成意境相同的另一种美。

当然，在我萌生自己重新翻译整理的念头之后，一直有点儿忐忑——这谈不上专业，误译也必然会有；对这两种语言我都一样认识浅薄，且始终怀有敬畏。但我仍打算坚持准备这份简单朴素的礼物，为老朋友做些诚恳的小事，不能不说是种快乐。

这本小推荐册里收录的多为民谣和爵士，曾在小说中出现或没出现过的都有，其中不乏年代久远的旧歌。我怀着对这美感的崇敬之心、以贫乏的笔墨为你临摹几分诗意，不敢与专业的译者相比，只求能保留一份笨拙而诚恳的心意。愿爱永不随时间老去，愿一切美好的事物都如旧旋律般历久弥新。

[特别推荐]

1. A love that will never grow old

爱不会随时间老去

· Emmylou Harris

·《断背山》电影原声

Go to sleep, may your sweet dreams come true
Just lay back in my arms for one more night
睡吧，愿你所有的好梦都成真
再次躺在我怀中吧，哪怕只有今夜

I've this crazy old notion that calls me sometimes
Saying this one's the love of our lives
那挥之不去的声音始终萦绕我心
仿佛在告诉我：你就是我此生的挚爱

Cause I know a love that will never grow old

And I know a love that will never grow old
因为我知道，爱永远不会老去
我对你的爱，永不褪色

When you wake up the world may have changed
But trust in me, I'll never falter or fail
当你醒来，纵然世界已改变
但请你相信，我永不闪躲也永不退缩

Just the smile in your eyes, It can light up the night
And your laughter's like wind in my sails
你眼中蕴藏的温暖像繁星点亮暗夜
你的笑容如远航时能让我扬帆的风

Cause I know a love that will never grow old
And I know a love that will never grow old
因为我知道，爱永远不会老去
我知道，你我之间的爱永不褪色

Lean on me, let our hearts beat in time
Feel strength from the hands that have held you so long
靠在我肩上吧，让我们的心跳融入同样的节拍
让我久久地握住你的手，分享这温暖的力量

Who cares where we go on this rutted old road
In a world that may say that we're wrong
别管这条车辙斑驳的旧时路将通往何处
即便这世界都认为我们的爱是错

Cause I know a love that will never grow old
And I know a love that will never grow old
但我知道，这爱不会随时间老去
我知道，有些爱永不褪色

·关于《爱不会随时间老去》

密西西比河以西，广袤的西部一度是美国精神的象征。拓疆者们背起行囊远离往事，也不在乎未来，只活在当下的每一刻。他们模糊的剪影仿佛来自杰克·凯鲁亚克的《在路上》："他倦于寻找休憩之地，因为没有地方可去而四处为家，所以不断地在星空下，尤其是在西部的星空下到处流浪。"没有乡愁的远行就叫自由，这正是美国西部刻着的印记。

远道而来的拓疆者留在西部生根发芽，他们在农庄劳作，他们在酒吧与陌生的姑娘跳舞，他们口音含混却毫不在乎，任耳边的风声吹过荒原。

1963 年对每个美国人来说都是鲜明的烙印：马丁·路德·金在华盛

顿林肯纪念堂演讲、肯尼迪在达拉斯遇刺。动荡喧嚣充满变革的20世纪60年代，嬉皮士们高唱着爱与和平；而质朴粗犷落基山脉仿佛隔断了红尘万丈，怀俄明州的偏僻小镇犹如世外桃源，依旧继续着平淡无奇的日出日落。

自由与闭塞共存，粗粝与温柔交织，《断背山》就是这样一部“心有猛虎，细嗅蔷薇”的杰作。

好故事通常都是有叙事野心的，李安的作品尤其明显。比如《断背山》。一明一暗两线交织，只看明线不失为一部好电影，暗线则在于你如何选择——懂了后便明白：其实不懂才是福。恩尼斯与杰克近20年隐秘的爱恋是明线，而爱情之外包裹着更繁杂的人生。要戴着纸枷锁任由生而为人的本性屈服于世俗，还是头破血流地保持灵魂完整，这或许才是电影的最终命题。

担纲本片配乐的是阿根廷音乐人古斯塔沃·桑德拉拉（Gustavo Santaolalla），他对节奏的痴迷成就了这张获奖无数的原声大碟，以质朴的拨弦描摹出广袤的西部景象，将炽烈的情感缓缓细诉成诗。这首《爱不会随时间老去》选自著名民谣歌手艾米璐·哈里斯（Emmylou Harris）的作品。哈里斯出生于亚拉巴马，是典型的南方佳人，她20世纪60年代末开始背着吉他走唱，创作唱片已逾20张。菲茨杰拉德说“诗歌是北方男人关于南方的梦”，殖民时代的历史和奴隶制度留给南方独特的印记，乡村、灵魂、爵士等音乐形式最初都是由南部发展而来。哈里斯的嗓音通透明亮，这首歌经重新编曲之后减轻了几分民谣的自由感，加重了几分漂泊感与孤独感，同时增添了些许古典的诗意。

《爱不会随时间老去》是誓约，是坚持，更是隐秘。片中当杰克长途跋涉到达恩尼斯家门前，却因为恩尼斯必须与女儿相聚而只能离开，黯然折返的杰克听着车里的广播传出这段旋律……眼前荒凉的公路看不到尽头，他们所能拥有的只不过是一次又一次匆匆路过。

他们曾那么年轻，以为还有很长的路要走。还有很多的不确定。20年里那些漫长的分离，艰难的等待，那些回忆中仅有的快乐……车辙斑驳的旧时路已无从辨认，旧日旋律仍萦绕在心头，只是当时他们都还不知道：即使走得再远，都走不出1963年夏天，那一块小小的后视镜里的风景。

那双清澈的蓝眼睛，那个温柔又沉默的侧影，已是此生最美风景。

2. You know my name

自深深处[①]

· Chris Cornell

·《007 皇家赌场》主题曲

If you take a life do you know what you'll give

Odds are，you won't like what it is

When the storm arrives，would you be seen with me

By the merciless eyes of deceit

在这致命的游戏里，你是否清楚入场的代价

胜负不过概率而已，你不会喜欢它

---

① 歌名“You know my name”通常被译作《你知道我的名字》，但其实“name”在这里不应该译为“名字”，而是“名声、身份”，理解为“你早该知道我会如此选择”更恰当。歌名的含义既是面具之下情绪的交战，也是内心深处无声的独白。在最近一部 Skyfall 主题曲中有一句歌词“You can take my name，but you'll never have my heart”——此处“name”也是同样含义：fame。它指 007 代号所象征的一切：优雅、理智、冷酷、果决、忠诚。

当暴风雨来袭，你那双冷酷的、诡诈又迷人的眼睛
是否仍将与我看见同样的风景？

I've seen angels fall from blinding heights
But you yourself are nothing so divine
Just next in line
我曾见过天使从炫目的高空坠落
但你却成不了其中之一
你只是赌局中的下一颗棋

Arm yourself because no-one else here will save you
The odds will betray you
And I will replace you
你只能坚韧地独行于这条无人救赎的路
胜负的概率可以背叛你
而我，将取代你

You can't deny the prize it may never fulfill you
It longs to kill you
Are you willing to die
The coldest blood runs through my veins
You know my name
承认吧，这胜利无法给你满足

死亡是它唯一赠予你的礼物
接受它，你愿意吗
冰冷的血液从我身体里流过
你早知道，这就是我

If you come inside things will not be the same
When you return to the night
And if you think you've won
You never saw me change the game that we all been playing
一旦踏入赌局，离场后的你我
将再也无法重走来时路
你以为赢了我
却不知你我都输给了这游戏
而我，要改变它的规则

I've seen diamonds cut through harder men
Than you yourself
But if you must pretend
You may meet your end
我曾见过这纸牌的棱角[①]

---

① diamond 此处不是“钻石”，根据电影剧情应理解为“方块”，即赌场桌上的纸牌，比喻这场游戏本身就是生与死的赌局。与后文的 wheel 不是“车轮”而是“轮盘”同样理解。

刺穿比你更强硬的灵魂
假如你非要装作若无其事
就别错过已近在眼前的结局

Arm yourself because no-one else here will save you
The odds will betray you
And I will replace you
你只能坚韧地独行于这条无人救赎的路
胜负的概率可以背叛你
而我，将取代你

You can't deny the prize it may never fulfill you
It longs to kill you
Are you willing to die
The coldest blood runs through my veins
承认吧，这胜利无法给你满足
死亡是它唯一带给你的礼物
接受它，你愿意吗
冰冷的血液从我身体里流过

Try to hide your hand
Forget how to feel
Life is gone with just a spin of the wheel

试着藏起双手
忘掉如何感受
在轮盘旋转之间
生命已迅速流逝直至尽头

·关于《自深深处》

奥斯卡·王尔德在狱中写给恋人波西的长信中说："我别无选择，唯有爱你。我知道，假如我让自己恨你的话，那在'活着'这一片我过去要、现在仍然在跋涉的沙漠之中，每一块岩石都将失去它的阴影，每一株棕榈都会枯萎，每一眼清泉都将从源头变为毒水。"

这首主题曲是电影《皇家赌场》的缩影，是这场关于爱与背叛、信任与失去的游戏中复杂的情感。当时邦德还年轻莽撞，还相信爱和誓言，还没有穿上坚硬的躯壳。邦德与维斯帕的感情纵然充满欺骗，但那却是他在沙漠中唯一的棕榈，唯一的阴影，唯一的清泉。唯有爱能将你变成更好的人；如果这爱熄灭了，沙漠又将与从前一样荒凉。一旦你见过绿洲，便明白沙漠有多空洞。

这是一首告别的歌。与爱人告别、与曾经的自己告别。

这首歌由音魔合唱团（Audioslave）的主唱克里斯·康奈尔（Chris Cornell）与电影配乐大师大卫·阿诺德（David Arnold）一同创作。英国音乐人大卫·阿诺德自1999年的《007：黑日危机》起开始担纲007系列的配乐。除此之外，阿诺德近年来的配乐作品还包括电影《纳尼亚传奇3：黎明踏浪号》以及BBC迷你剧《神探夏洛克》等。阿诺德创作的音乐外冷内热，用逻辑的美感包裹住激流暗涌的情绪，《皇家赌场》这首主题曲浓郁的英式摇滚气质中隐约透出古典的内敛和优雅感，宛如一幅丹尼尔·克雷格版邦德的素描肖像——身披无坚不摧的骄傲，心中仍藏有未灭的纯真。

它让我们看着血肉之躯的邦德如何一点点穿上伪装，将内心缩进面具背后。他扣上外套，举起枪，目睹自己内心深处仅存的一丝纯真悄然熄灭。他脸上有冷峻的神情，有恒温的微笑，唯独不再有真实感。没有人能看到邦德的弱点，他会藏好伤痕，只以刀枪不入的盔甲示人。他爱过，失去过，某一扇门永远关上，不再开启。当他不再有羁绊，他坚硬如钢。

《皇家赌场》虽然改编电影较晚，但它的原著是007小说系列的第一部，是邦德如何成为一个叫作“007”的符号的过程。在历任邦德中，丹尼尔·克雷格是最糙的一个，也是最真实最有魅力的一个。论优雅迷人他不如肖恩·康纳利和罗杰·摩尔，论风流……皮尔斯·布鲁斯南那双桃花眼能轻松甩他几条街。与前任007们相比，他最出色的技能之一恐怕要数浪费番茄酱，场场都打得浑身邋遢头破血流。《皇家赌场》没有眼花缭乱的特技，甚至连剪辑都很朴素，却仍让我坚信它是目前为止最好看的一部007，没有之一。不是好剧本造就演员，而是好演员成全故事。假如《皇家赌场》胜在动人的故事线，那么叙事平实的后续篇《量子危机》则全靠演员点燃情节。

每个生命都有尽头，但并非每个人都真正地活过。

毫无疑问邦德是活过的，他与这世界之间曾有过羁绊，他差一点儿就要拥有截然不同的未来。是过去经历的事、爱过的人造就了今天的自己，坚硬如钢的邦德内心也曾有过柔软的轮廓。当一切尘埃落定后，清冷的雪夜中邦德若无其事地回过头，模糊的笑容挂在嘴角，爱人的项链被他留在雪地里，不再带走。记忆中那个穿着红裙的身影到底有没有为他驻足？答案早已不再重要。

从此以后呢？

You know my name. 除此之外，你什么都不需要知道，你什么都不会知道。

3. Diamonds and Rust

钻石与铁锈

· **Joan Baez**

Well, I'll be damned
Here comes your ghost again
But that's not unusual
It's just that the moon is full and you happened to call
噢，真该死
你的身影又浮现在眼前
但，这已是常事
只因为今晚月圆，而你恰好致电

And here I sit, hand on the telephone
Hearing a voice I'd known a couple of light years ago
Heading straight for a fall

我独自坐在这里，聆听电话里
那仿佛好几光年外的你的声音
我如坠深渊

As I remember your eyes
Were bluer than robin's eggs
My poetry was lousy, you said
"Where were you calling from?"
"A booth in the Midwest"
我记得你澄澈的双眼
蓝得胜似知更鸟蛋
你说我的诗句太无趣
"你从哪里打来电话？"
"中西部某个电话亭。"

Ten years ago I bought you some cufflinks
You brought me something
We both know what memories can bring
They bring diamonds and rust
十年前我赠你一对袖扣
你也曾送给我一些什么
我们都触摸过回忆真实的轮廓
它既熠熠生辉又锈迹斑驳

Well, you burst on the scene already a legend
The unwatched phenomenon
The original vagabond you strayed into my arms
此时耀眼的你已成为传奇
在舞台上闪着让人无法忽视的光芒
当年那漂泊的少年，也曾漂流至我的怀中

And there you stayed temporarily lost at sea
The Madonna was yours for free
Yes, the girl on the half shell
Could keep you unharmed①
你曾在我身边逗留，如海上短暂的迷途
我也曾守护着你
不求回报，倾尽所有

Now I see you standing with brown leaves falling all around
Snow in your hair
Now you're smiling out the window

---

① 原文此段两句有互文关系，The Madonna 指圣母马利亚，而 the girl on the half shell 指希腊神话中的爱神阿佛洛狄忒（也是罗马神话中的维纳斯）；借此比喻自己当年对还不名一文的年轻人鲍勃·迪伦倾尽所有、不求回报的爱与支持。

of that crummy hotel over Washington Square[①]
恍惚中又见你站在落叶纷飞之中
白雪落满发梢
透过华盛顿广场边那破旧的旅馆的窗
你的笑容如旧

Our breath comes out white cloud mingles and hangs in the air
Speaking strictly for me
We both could've died then and there
我们呼出的白雾在空气中互相缠绕
对我而言，此情此景，此时此地
即便在那一刻死去，我也再无遗憾

Now you're telling me you're not nostalgic
Then give me another word for it
You who're so good with words and at keeping things vague
Cause I need some of that vagueness now
现在你却告诉我，你并不那么念旧
好吧，就请你用另一个词代替
你是如此善于言辞

① 华盛顿广场并不在华盛顿，而是位于纽约格林尼治村，或称“西村”。西村是年轻艺术家聚集的地方，这段回忆指的是当年鲍勃·迪伦成名前的岁月。

又总说得那么模棱两可
至于我，一个模糊的答案也以足够

It's all come back too clearly
Yes, I loved you dearly
And if you're offering me diamonds and rust
I've already paid
所有回忆都清晰地涌上心头
是啊，我曾深爱你
如果你留给我的是钻石和铁锈
——我已为此付出过代价

·关于《钻石与铁锈》

“民谣女皇”乔恩·贝兹（Joan Baez）是一个活着的传奇。她1941年生于纽约，苏格兰裔母亲和墨西哥裔父亲给了她蜜色的皮肤和黑头发，从少年时起她就有着引人注目的美貌。她纯粹而清澈的嗓音，惊人的创作天赋，独立又反叛的性格，让她21岁就登上了《时代周刊》的封面。

在遇见鲍勃·迪伦（Bob Dylan）时，她早已成名，而他还是个刚刚崭露头角的骄傲的傻小子。二十世纪五六十年代大批怀才不遇的年轻音乐人涌至格林尼治村寻找机遇，他是其中的一个。1963年5月，他们在加州蒙特利音乐节遇见。这不是他们第一次见面，却是她第一次看到他的音乐才华。他们的感情从那时开始，她去哪里演出都不遗余力地推荐他和他写的歌。1963 年 7 月，在罗德岛举办的新港音乐节（Newport，当时最具影响力的爵士音乐节和民谣音乐节）上，她登台唱了很多他的作品。此后她连巡演都带着他一起。毫不夸张地说，如果没有她，他的成名之路不会是如此坦途。

同年 8 月 28 日是个全世界都不会遗忘的日子：马丁·路德·金在华盛顿林肯纪念堂发表演讲。他的好友贝兹每一次都出场演唱，支持他的演讲，那一次更不例外。那一天她与迪伦一起参加华盛顿游行并演唱。

如《钻石与铁锈》歌词中所写：“当年那漂泊的少年，也曾漂流至我的怀中。你曾在我身边驻留，如海上短暂的迷途；我也曾守护着你，不求回报，倾尽所有。”他们毫不避讳彼此间的感情，如果说真的有“灵魂伴侣”这种关系，那么这就曾是他们之间的定义。

1965 年两人一起远赴英国。当时已尝试往摇滚转型的他和一直坚持传统民谣的她在音乐理念上发生了分歧，她固执、专注，他满脑子都是变革。在他的英国演唱会上，他甚至没有让她登台。

两人一分开就是 10 年，没有联络，唯有通过报纸和电视了解对方的消息。

1975 年，早已搬离纽约的他在某个深夜给她打了一个电话。就在那个夜里，她写下了这首歌。往事如钻石熠熠生辉，又似铁锈痕迹斑驳——他们爱过、坚持过，有过同样的梦想却终于走到了分岔路口。他早已不是当年不名一文的他，她仍然是当年那个除了爱和梦想什么都不在乎的她。

1975年，他的巡演终于请来了她。有种羁绊不是时间可以切断，也不是距离可以改变。隔着10年的时光，回忆虽历历在目，然而那种被称作“爱”的情绪已经成为标本，仍然生动却不再鲜活。最糟的结局是再次重复相爱和分离，最好的结局是彼此忘记。而他们两者都没有选择。此后他们少有交集，偶尔联络，就像再普通不过的老朋友，直到如今两人都已年过70。

上一次听到关于她的新闻是她在乔布斯的纪念仪式上演唱《Swing Low，Sweet Chariot》。乔布斯年轻时曾追求过她，这段感情也没能有结果。

鲍勃·迪伦2012年9月出了新唱片《风暴》(Tempest)。他的音乐里鲜明的情绪开始褪色，开始圆融，开始少了棱角，开始多了一种微妙的、老去之后的轻盈。

他们都老了。年轻时的荒唐事已渐渐远去，年轻时爱过的人可能也面目模糊。而那些钻石与铁锈深埋在某处，或许沉睡着，或许某一刻苏醒；无论过去多少年，那光芒不曾消失，也不会消失。

4. Blowing in the wind

飘在风中

· **Bob Dylan**

How many roads must a man walk down
Before they call him a man
How many seas must a white dove sail
Before she sleeps in the sand
需要跋涉过多少路，
个男人才能被称为男人、
需要飞越多少重海洋，
一只鸽子才能在沙滩上安眠

How many times must the cannon balls fly
Before they're forever banned
The answer, my friend, is blowing in the wind

The answer is blowing in the wind
需要经过多少战火的洗礼
才能终获和平
我的朋友啊，答案，都飘在风中
答案都飘在风中

How many years must a mountain exist
Before it is washed to the sea
How many years can some people exist
Before they're allowed to be free
一座山需要茕茕而立多少年
才能等到桑田化为沧海
一个人需要踽踽独行多少年
才能真正心无牵绊

How many times can a man turn his head
And pretend that he just doesn't see
The answer, my friend, is blowing in the wind
The answer is blowing in the wind
还要经过多少次回首
并假装对这一切视而不见
我的朋友啊，答案，都飘在风中
答案都飘在风中

How many times must a man look up
Before he can see the sky
How many ears must one man have
Before he can hear people cry
需要多少次仰望苍穹
你才能看到真正的蓝天
需要多少次侧耳聆听
你才能听到人们的悲泣

How many deaths will it take
'Till he knows that too many people have died
The answer, my friend, is blowing in the wind
The answer is blowing in the wind
需要牺牲多少生命
才能了解我们所失去的一切
我的朋友啊，答案，都飘在风中
答案都飘在风中

·关于《飘在风中》

这首唱了半个世纪的歌是鲍勃·迪伦的。但我最喜欢的却是乔恩·贝兹翻唱的版本。他们两人的故事可能永远没法被人遗忘了，至少，每当提起其中一个我都会不自觉地联想到另一个。

第一次听它是在看《阿甘正传》时。女主角珍妮抱着木吉他在舞台上唱起这首歌的一幕实在太动人——电影中的歌声正是贝兹的声音。

它出现在《阿甘正传》里或多或少因为电影中的越战背景。20 世纪 50 年代越战爆发，无数人远赴海外，有人再也没能回来，有人回来时已不再是以前的自己。这是一场没有荣耀的战争。它从冷战的阴云中诞生，远隔重洋的战火与国内分裂的现状交织，最后在创伤中黯然收场。

这首歌诞生于当时美国的反战热潮中。1962 年春天，刚刚 21 岁的鲍勃・迪伦创作了这首质朴而深刻的反战歌曲。1963 年，一个著名的三人演唱组合 Peter, Paul & Mary（彼得，保罗和玛丽）在他们的专辑《在风中》（In The Wind）中翻唱了这首歌，这才让这首原本默默无闻的作品变得广为人知。同时，这首歌也成为除了《柠檬树》之外他们最著名的演唱作品。

肯尼迪总统的母亲露丝・肯尼迪曾说："鸟儿们在暴风雨过去后歌唱。而人们在阳光仍旧灿烂时为什么不能尽情感受快乐？"

就让鸽子在沙滩上栖息，不用飞越海洋，不用失去羽毛或翅膀；和平即是最大的快乐，在暴风雨过后，在阳光仍旧灿烂的时刻。

[历久弥新]

1. Down by the Sally Gardens

柳园往事[①]

·(Written by) William Butler Yeats

Down by the Sally Gardens
My love and I did meet
She passed the Sally Gardens
With little snow-white feet
漫步回忆中的柳园
那是我曾遇见挚爱的地方
她雪白的纤足
曾在园中穿行

---

① 这首歌是由叶芝的同名诗谱曲而成。诗的标题通常被译为《经柳园而下》或《走过柳园》，也有译作《走过莎莉花园》的版本，但实际上这首诗中的“sally”来自爱尔兰语“saileach”，意为“willow”，柳树。诗句充满画面感和时光感，为了保留诗中的回忆气息，这里才将标题译成《柳园往事》。

She bid me take love easy
As the leaves grow on the tree
But I being young and foolish
With her did not agree
她告诉我让爱顺其自然
如树木长出新叶
可我曾年少轻狂
并未认同此中深意

In a field by the river
My love and I did stand
And on my leaning shoulder
She laid her snow-white hand
河畔那片原野上
我与爱人曾驻足
她雪白的双臂
曾倚在我的肩上

She bid me take life easy
As the grass grows on the weirs
But I was young and foolish
And now I'm full of tears

她叮嘱我从容看待人生

就如青草长满河堤

可我曾年少轻狂

如今我泪流满面

2. Burnt by the sun

烈日灼痕

· Richard Hawley

（小提琴演奏：Sophie Solomon）

I was burnt by the sun
said good bye to the sea
when I saw you were losing
your love for me
我被烈日灼伤
当我告别海洋
当我看见
你对我的爱日渐流逝

Your eyes told the tale
of a wound that's still raw

as I watched you renouncing
any hope of a cure
你的双眼诉说着往事
关于那未曾愈合的伤
我就这样
眼看着你决定放弃治愈的希望

How can I be bitter that it's over
after all I've got myself to blame
the sun dissolves to Winter now it's over
I'm lost amongst the shadows that remain
当结局到来，我怎能恨你
毕竟该承担的是我
烈日融化寒冬，一切终将过去
留下我仍在记忆的暗影中迷途

Then your words rang out strong
at once broken but clear
and I heard you dismissing
any last trace of fear
你坦白的言语
一触即碎却如此清晰
我知道

你已不再感到一丝恐惧

I was burnt by the sun
tried in vain not to cry
since I knew all the answers
tell me why I ask why
我被烈日灼伤
我徒劳地想止住悲伤
既然答案了然于心
我也不必再追问理由

How can I be bitter that it's over
after all I've got myself to blame
the sun dissolves to Winter now it's over
I'm lost amongst the shadows that remain
当结局到来，我怎能恨你
毕竟该承担的是我
烈日融化寒冬，一切终将结束
留下我仍在记忆的暗影中迷途

Now the swing in your step
makes me tremble with hurt
when I see how you blossom

I feel lost and inert
你离去的每一步
摇摆的步伐都踩在我瑟缩的伤口
你拥有盛放如花的自由
我徒留空茫与失落

I've been burnt by the sun
in my prozac coccoon
just can't pick up the pieces
of my life without you
just can't pick up the pieces
of my life without you
我被烈日灼伤
我被困于回忆之墙
没有你，我只剩断壁残垣
没有你，我只剩断壁残垣

3. Famous blue raincoat

蓝雨衣

· **Leonard Cohen**

It's four in the morning, the end of december
I'm writing you now just to see if you're better
New york is cold, but I like where I'm living
There's music on Clinton street all through the evening
在凌晨四点，这十二月末尾的一天
我写下这封信
只想知道你是否过得好
纽约很冷，我却喜欢我居住的角落
克林顿大街上彻夜都响着音乐

I hear that you're building your little house deep in the desert
You're living for nothing now

I hope you're keeping some kind of record
听说你将生活筑于荒漠之中
听说你已不再期盼什么
我多希望你心中仍有一些爱与眷恋残留

Yes, and Jane came by with a lock of your hair
She said that you gave it to her
That night that you planned to go clear
Did you ever go clear
是的，简回来过
她带来你的一缕头发，告诉我那是你赠予她的礼物
在那夜你想将一切归零
你真的能做到吗

Ah, the last time we saw you you looked so much older
Your famous blue raincoat was torn at the shoulder
You'd been to the station to meet every train
And you came home without Lily Marlene
And you treated my woman to a flake of your life
And when she came back she was nobody's wife
记得我们上一次见面，你看起来老了许多
你的蓝雨衣肩头已经磨破
你奔赴车站，徘徊于每一趟列车前

你独自回来，没有找到那位莉莉·马莲
而我心爱的女人对你而言只不过是生命的一片碎屑
当她回到我身边，她不再属于任何人

Well I see you there with the rose in your teeth
One more thin gypsy thief
Well I see Jane is awake
She sends her regards
我似乎又再见到你，嘴里衔着一枝玫瑰
就像个居无定所的偷心贼
噢，简似乎醒来了
她让我向你问好

And what can I tell you my brother, my killer
What can I possibly say
I guess that I miss you, I guess I forgive you
I'm glad you stood in my way
我能对你说什么呢？我的兄弟，我的敌人
我能说什么？
不外乎是我想念你，或者我已经原谅了你
我甚至庆幸你曾插足我和她之间

If you ever come by here, for jane or for me

Your enemy is sleeping, and his woman is free

假如你再回来，无论为了我或是简

请记得，我对你的敌意已沉睡

而我曾深爱的女人也已自由

Yes, and thanks, for the trouble you took from her eyes

I thought it was there for good so I never tried

或许我该谢谢你，是你驱散了她眼中深藏的疑虑

我曾以为那永远不会消散

便从不曾为她努力过

And jane came by with a lock of your hair

She said that you gave it to her

That night that you planned to go clear

Did you ever go clear

是的，简回来过

她带来你的一缕头发，告诉我那是你赠予她的礼物

在那夜你想将一切归零

你真的已放下了一切吗

-- Sincerely, l. Cohen

你真诚的朋友，L.科恩[①]

① 这首《蓝雨衣》除了原版外有三个比较著名的翻唱版本。其中珍妮弗·沃恩斯的版本将最后一句歌词改成了“Sincerely，your friend”。

4. Forbidden colours

禁色

· Ryuichi Sakamoto（坂本龙一）

·《圣诞快乐，劳伦斯先生》电影原声

The wounds on your hands never seem to heal
I thought all I needed was to believe
面对你掌心中那道难以愈合的伤痕
或许我只能倾尽所有，期盼信仰的力量

Here am I,a lifetime away from you
The blood of Christ[①],or the beat of my heart
My love wears forbidden colours

---

① 基督的血象征救赎。出自《圣经·约翰一书》1:7："我们若在光明中行，如同上帝在光明中，就彼此相交，他儿子耶稣的血也洗净我们一切的罪。"因此，歌词中"the blood of Christ"指获得救赎的希望。

My life believes
此时此地，我与你相隔一生之遥
隔着终获救赎的希冀，长伴我心跳的节奏
我的爱被印上不能说出名字的色彩[①]
我愿信仰这爱，穷尽有生之年

Senseless years thunder by
Millions are willing to give their lives for you
Does nothing live on
时光流逝于一片空茫
每一分每一秒我都愿为你而活
除此之外，我别无所有

Learning to cope with feeling aroused in me
My hands in the soil，buried inside myself
My love wears forbidden colours
My life believes in you once again
试着深藏胸腔中的爱
将双手伸进土壤，将真实的我埋葬
我的爱被印上不能说出名字的色彩
我愿信仰这爱，直到来生

---

① 将同性之间的爱描述为“不能说出名字的爱”，出自奥斯卡·王尔德。

I will go walking in circles
While doubting the very ground beneath me
Trying to show unquestioning faith in everything
即使永堕轮回
即使怀疑这要将我压垮的世界
我也绝不怀疑与你之间的一切

Here am I,a lifetime away from you
The blood of Christ ,or a change of heart
My love wears forbidden colours
My life believes
此时此地，我与你相隔一生之遥
隔着终获救赎的希冀，长伴我心跳的节奏
我的爱被印上不能说出名字的色彩
我愿信仰这爱，穷尽有生之年

My love wears forbidden colours
My life believe in you once again
我的爱被印上不能说出名字的色彩
我愿信仰这爱，直到来生

5. To be by your side

回到你身边

· Nick Cave

· 纪录片《迁徙的鸟》原声

Across the oceans, across the seas
Over forests of blackened trees
Through valleys so still we dare not breathe
To be by your side
飞过海洋与浪尖
飞过黑色森林之巅
飞过令人窒息的幽深山谷
只为回到你身边

Over the shifting desert plains
Across mountains all in flames

Through howling winds and fringing rains
To be by your side
越过幻影重重的沙漠
越过灼热的崇山峻岭
越过狂风与暴雨
只为回到你身边

Every mile and every year
For everyone a little tear
I can not explain this, dear
I will not even try
每一英里、每一年
每一个人的每一滴泪
我无法解释，亲爱的
我也不会试着去解释

Into the night as the stars collide
Across the border that divide
Forest of stone standing petrified
To be by your side
穿过被繁星撞碎的夜
跨越那石头森林间
高耸的分界碑

只为回到你身边

Every mile and every year
For everyone a single tear
I can not explain this, dear
I will not even try
每一英里、每一年
每一个人的每一滴泪
我无法解释，亲爱的
我也不会试着去解释

For I know one thing
Love comes on a wing
For tonight I will be by your side
But tomorrow I will fly
唯有一件事我明白
爱就在一振翅之间
今夜我陪在你的身旁
明天我又将启程

From the deepest oceans to the highest peak
Through the frontiers of your sleep
Into the valley where we dare not speak

To be by your side
从无尽的深海到高山之巅
穿过你梦境的疆界
进入幽深又死寂的山谷
我仍将回到你身边

Across the endless wilderness
Where all the beasts bow down their heads
Darling , I will never rest till
I am by your side
飞越那野兽出没的
无尽荒原
亲爱的，我将永不停歇
直至回到你身边

Every mile and every year
Time and distance disappear
I can not explain this , dear
No , I will not even try
每一英里、每一年
消融着时间与空间
我无法解释，亲爱的
我也不会试着去解释

And I know just one thing
Love comes on a wing
And tonight I will be by your side
But tomorrow I will fly away
唯有一件事我明白
爱就在一振翅之间
今夜我陪在你的身旁
明天我又将启程

Love rises with the day
And tonight I will be by your side
But tomorrow I will fly
Tomorrow I will fly
怀着与日俱增的爱
今夜我陪在你的身旁
明天我又将启程
明天我又将离开

6. Older Chest

老箱子

· Damien Rice

Older chests reveal themselves
Like a crack in a wall
Starting small，and grow in time
老箱子总有故事可说
就像墙上那一条裂痕
起初很微小，然后日渐蔓延

And we always seem to need the help
Of someone else
To mend that shelf
Too many books
Read me your favourite line

很多事我们都无法独自应付
或许，需要一些帮助
比如修理书架
那么多的书摆在上面
就将你最喜欢的句子读给我听吧

Papa went to other lands
And he found someone who understands
The ticking，and the western man's need to cry
爸爸去了远方
去找理解他的人为伴
他们懂得时钟的嘀嗒声
也懂得那些西部的男人哭泣的理由

He came back the other day，yeah you know
Some things in life may change
And some things
They stay the same
Like time，there's always time
On my mind
So pass me by，I'll be fine
Just give me time
某一天他回来了，如你所知

生命中有些事总变化无常
而有些事，却一成不变
就像时间，它总是那样
它划过我心上
它流过我身旁
我安然无恙
我只是在静待时光

Older gents sit on the fence[①]
With their cap in hand
Looking grand
They watch their city change
年长的绅士们只是观望
手持高帽
姿态优雅
目睹这城市的变迁

Children scream, or so it seems
Louder than before
Out of doors, and into stores with bigger names

---

① sit on the fence 指持观望的态度，中立，骑墙。也有人将歌词中的这一句直译为“坐在篱笆上”。Damien Rice 的创作以白描手法见长，词中描绘的画面虚实交替，因此个人认为这一句直译和意译两种都能说得通。

孩子们尖声哭叫

似乎比从前更吵闹

走出门去，像个成年人一样走进一家家商场

Mama tried to wash their faces

But these kids they lost their graces

And daddy lost at the races too many times

妈妈想洗干净他们的脸

而孩子们却已不再在乎体面不体面

爸爸又落后了，他怎么追也追不上这飞逝的时光

She broke down the other day，yeah you know

Some things in life may change

But some things they stay the same

Like time，there's always time

On my mind

So pass me by，I'll be fine

Just give me time

Time，there's always time

On my mind

Pass me by，I'll be fine

Just give me time

某天，她崩溃了，如你所知

生命中有些事总变化无常
而有些事，却一成不变
就像时间，它总是那样
它划过我心上
它流过我身旁
我安然无恙
我只是在静待时光

7. Here to stay

就在此停留

· 恭硕良

· 电影《东风破》原声

So many years I've gone to stray
I know I'm here to stay
so many things I want to say
My love I'm here to stay
经过那么多年的漂泊
我知道，我会在此停留
有太多太多的话想说
我的爱人，我会在此停留

We've cried we've laughed
We've shared our fears

and after all these years
I know there's just too much to say
should know I'm here to stay
我们哭过笑过
也曾一起恐惧过
这么多年，时间从未将记忆带走
许多言语都梗在胸中
我，会在此停留

So many nights I sat and prayed
that you are here to stay
and even when the skies are grey
God knows I'm here to stay
一次次我坐下来祈祷
祈祷你不会走
纵然天空始终灰暗
上帝为证，我会在此停留

We've cried we've laughed
We've shared our fears
and after all these years
I know there's just too much to say
should know I'm here to stay

我们哭过笑过

也曾一起恐惧过

这么多年，时间从未将记忆带走

许多言语都梗在胸中

我，会在此停留

should know I'm here to stay

God knows I'm here to stay

要知道我会留下来

上帝为证，我会在此停留

8. Thinking of you

想你

· **Christian Kane**

Well I know they say all goods things
Must come to some kinda of ending
We were so damn good, i guess we never stood a chance
我知道，人们常说
再好的时光都会过去
我们曾那么好，似乎注定逃不过分离

Go on and find what you've been missing
When that highways tired of listening
You'll see I'm not that easy to forget
去追寻你错失的风景吧
既然厌倦已经如期来临

但你会知道，我不是那么轻易就能忘记

When a new moon shines through your window
Or you hear a sad song on the radio
And you don't know why you but just start to cry
当新月的光芒洒在你的窗棂
当收音机里传出悲伤的旋律
你泪盈于睫，却不知道原因

Or your driving round on a sunny day
And outta nowhere comes the pouring rain
Then a memory hits you right out of the blue
That's just me
Thinking of you
当你驱车沐浴在阳光下
当突如其来的骤雨打破宁静
当回忆毫无预兆地袭来
那只是我，在想你

I'm not gonna try to stop you
Doesn't mean that I don't want too
If I know you, you've already made up your mind
我不会试图挽留

那并不代表我愿意看你远走
我太了解你，知道你已做了决定

Go on and go if you're really leaving
Put a million miles between us
But you still feel me like I'm right there at your side
继续前行吧，既然你真的要走
纵然你我之间远隔千里
你仍然会感觉到，我就在身边陪着你

When a new moon shines through your window
Or you hear a sad song on the radio
Then you don't know why but you just start to cry
当新月的光芒洒在你的窗棂
当收音机里传出悲伤的旋律
你泪盈于睫，却不知道原因

Or your driving round on a sunny day
And outta nowhere comes the pouring rain
Then a memory hits you right out of the blue
That's just me
Thinking of you
当你驱车沐浴在阳光下

当突如其来的骤雨打破宁静
当回忆毫无预兆地袭来
那只是我，在想你

And I'm thinkin' about the roads your on
I'm thinkin' about you comin' home
I'm a wonderin' if you've got your radio on
我想着你正走过的路
想着你或许还会归来
不知你是否打开了收音机，听到这旋律

And when you find your way to another town
And someone tries to lay you down
And a feeling hits you right out of the blue
Well it's me, thinking of you
It's just me, thinking of you
当你去往旅程的下一站
当你遇见另外一个人
当熟悉的感觉毫无预兆地袭来
那只是我在想你
那只是我
在想你